碰碰倒咖哩
事實上，興建在山丘上的碰碰倒咖哩工廠，今天才落成完工。
便
碰
即
到
吃
開始販售，
用這個來
好興奮
好興奮
兒童公園
咦，原來他們拿到的只是碰碰倒咖哩特製湯匙，這種東西對於填飽肚子根本一點幫助也沒有啊。
咖哩工廠要今天才會開始製作咖哩，好失望啊！
舔啊
舔啊

怪傑佐羅力之咖哩VS.超能力

文·圖 **原裕** 譯 周姚萍

接下來好長一段時間，
佐羅力他們三人
都緊緊握著吃咖哩的湯匙，
只要一看到它，
想吃咖哩的欲望就會
不停膨脹。
啊～～～啊
我好想吃
咖哩呀——
當佐羅力不知不覺
將心中吶喊
喊出聲的那一瞬間，

他手上的湯匙
竟然軟趴趴的
變彎了。

「佐、佐羅力大師，
您太厲害了。
那、那是超能力呀。」
伊豬豬和魯豬豬全都
睜圓了雙眼，
盯著湯匙看。

「喂，你們兩個的湯匙，
也借我試試看。」
佐羅力一拿起
伊豬豬和魯豬豬
的湯匙，
就出聲大喊：

我好想吃咖哩呀——
我好想吃咖哩呀——

接著……

兩支湯匙一下子全都軟趴趴，變成彎曲的樣子。

「不會錯的。真不愧是佐羅力大師，您竟然擁有超能力耶！」伊豬豬和魯豬豬眼神閃閃發亮的說道。

「對呀，我擁有這麼神奇的力量，之前怎麼都沒發現呢？」

「佐羅力大師，您真是萬中選一了不起的人物啊。」

就在佐羅力三人拿著徹底彎曲的湯匙，正開心得渾然忘我時，聽到先前給他們湯匙的狸貓，出聲說話了。

那個聲音是從附近電器行的電視上傳來的。

大家好。我是碰碰倒咖哩的董事長。今天，在這座城鎮山丘上的咖哩工廠，正式落成完工了。同時，我要邀請電視前廣大的觀眾們，試吃淋滿咖哩醬料、定價僅僅五十元的超便宜咖哩飯，讓每個家庭的每位成員都知道，碰碰倒咖哩究竟有多麼美味。
啊，原來那隻狸貓是咖哩飯公司的董事長啊。
咦——好便宜呢，就連我們應該也能買得起兩份。

無尾熊電
可是，要到下個星期才開始販售。本大爺現在就想馬上吃到！就是現在！
爸爸根本什麼都不懂——

偏偏，佐羅力他們又沒有辦法參加試吃大會，只能流著口水，緊盯著電視畫面瞧。

就在這時，他們聽到了叫喊聲。

聽起來好像是電器行的老闆和他的小孩吵架了。
喂，里杰拉，等等。你只不過是能將東西移動五公分而已，那能做什麼？要是你不給我好好讀書，長大以後繼承這家電器行的話……
電子鍋
NEW
優質內鍋

爸爸，你講什麼「只不過」？
那可是只有我一個人會的超能力耶！
要我長大繼承這小小一間電器行？
我才不要。
我要像在山丘上建造宏偉工廠一樣，做一番大事業給你看。

里杰拉說著，就從店裡面跑了出去。

由於佐羅力特別在意「超能力」這個字眼，於是他跟在里杰拉後面，想一窺究竟。
兒童公園
里杰拉一路跑進剛剛狸貓在發送湯匙的那個公園裡……

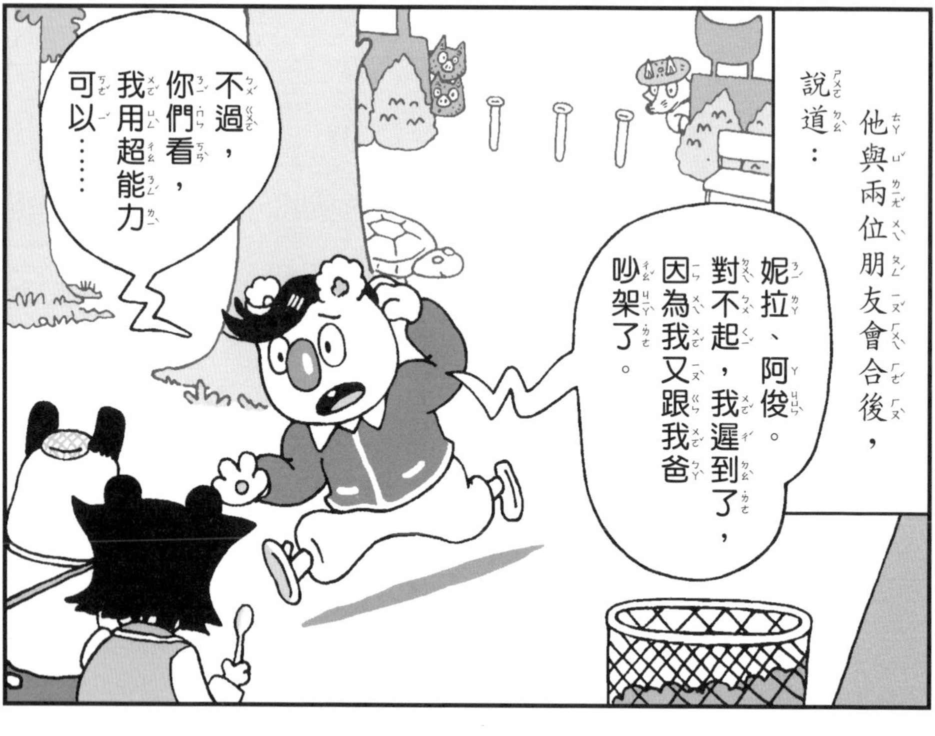
他與兩位朋友會合後，說道：
妮拉、阿俊。對不起，我遲到了，因為我又跟我爸吵架了。
不過，你們看，我用超能力可以……

里杰拉用力的閉上眼睛，努力的集中精神……
嗚~嗚~
嗯
突然，他腳邊的石頭，往前滾動了五公分。
滾
哇，果然是真的耶。
我沒騙你們吧？不過，我爸爸卻說這沒什麼大用處。他說我們家開的是電器行，認真看店，多賣幾個電器出去，那才真的該謝天謝地。你們說，這種話聽起來是不是「驚死人了」？
對！我爸媽也是這樣說耶。我跟你們講哦……

「我不是說我有辦法透視和念寫嗎？」

妮拉的胸前，掛著一部立可拍相機，相機的鏡頭上貼了膠帶。

她一按下快門，拍出來的照片，上頭就顯現出模模糊糊的輪廓。

透視

●指能夠看穿物品的超能力。

念寫

●指能夠將某人內心中強烈的意念呈現於照片或紙張上，讓其他人看到。

以妮拉的能力所能呈現出來的，還只是模糊的圖像。

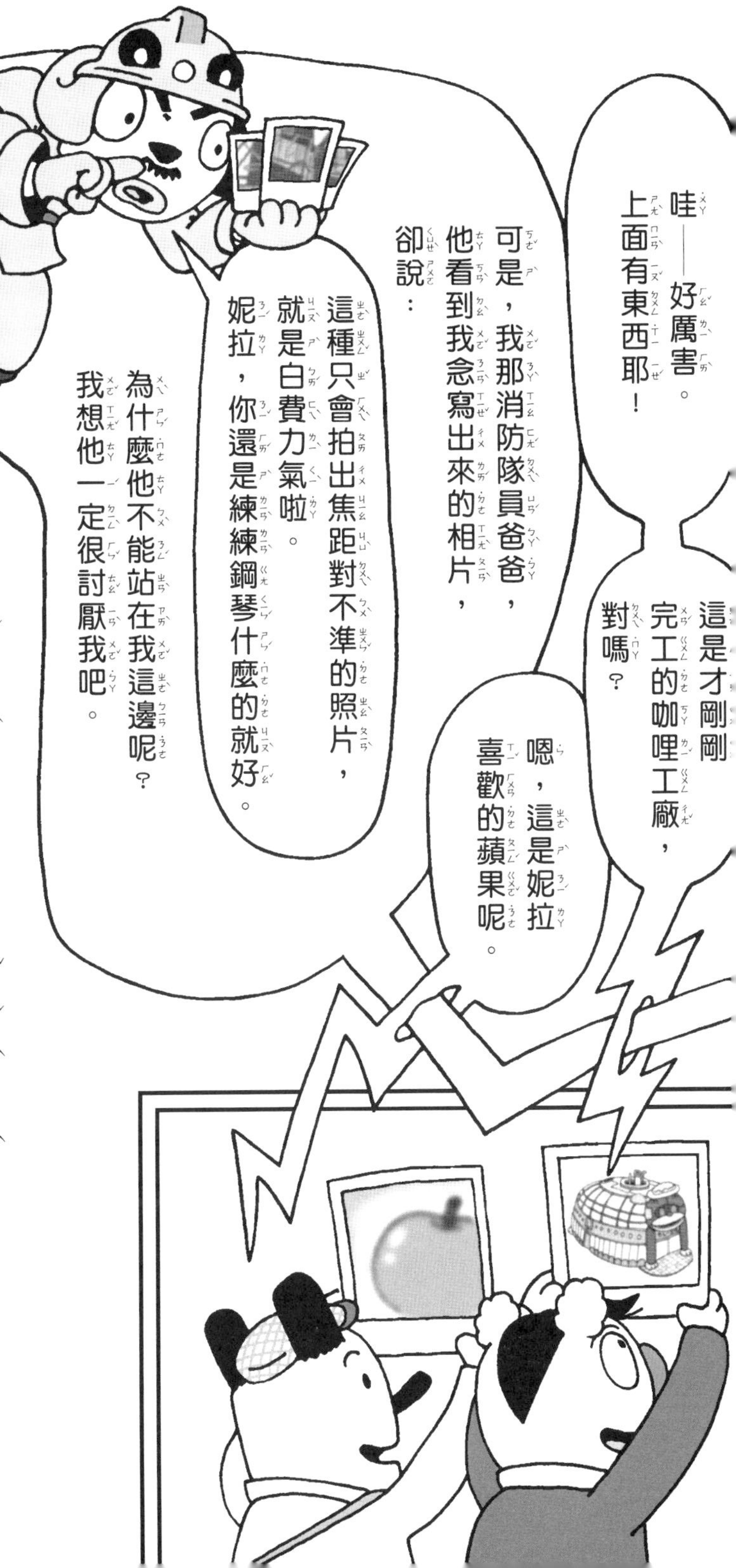
哇——好厲害。
上面有東西耶！
這是才剛剛
完工的咖哩工廠，
對嗎？
嗯，這是妮拉
喜歡的蘋果呢。
可是，我那消防隊員爸爸，
他看到我念寫出來的相片，
卻說：
這種只會拍出焦距對不準的照片，
就是白費力氣啦。
妮拉，你還是練練鋼琴什麼的就好。
為什麼他不能站在我這邊呢？
我想他一定很討厭我吧。

妮拉帶著悲傷的表情這麼一說，
阿俊也忍不住開口了。

心電感應

- 能夠與相隔一段距離的同伴，用心靈溝通或交流。
  阿俊還沒完全練成這項超能力，頂多只能將四個字傳達給對方。

現在，我的心電感應能力才只能傳送四個字而已，所以，可能還沒辦法好好的讓爸爸了解我的心情，不過，我……

阿俊講到這裡，便運用心電感應，將心情傳送給兩位朋友。

佐羅力聽到他們的經歷，腦子裡靈光一閃，冒出點子。

「太好了。本大爺要是能將這些孩子招攬為夥伴，就能用超能力好好大賺一筆了！」

發大財的超級計畫
首先，本大爺呢，以最便宜的價格，大量買進形狀彎曲、賣相不好的小黃瓜，利用讓湯匙變彎的要訣，將小黃瓜一根根變直。你也知道吧？筆直的小黃瓜可以賣得貴一點。
至於那個叫做里杰拉的小男孩，可以跟在路人後面，運用他的超能力，讓對方放在屁股後面口袋裡的錢包掉出來。本大爺會立刻撿起錢包，送到派出所。這樣，之後我就能收到價值百分之十的謝禮啦。

佐羅力之
運用超能力

叫妮拉的那個小女孩呢，
本大爺計畫帶著她
到賣零食的
小雜貨店去，
請她運用
透視能力，
看看哪些口香糖
和冰品可以中獎
獲得「再來一個」，
這樣只要花錢買一個，
就能吃不停。

還有，
那個叫阿俊的小男孩，
讓他在我求婚的時候，
悄悄在我背後
向我女朋友
傳送出我喜歡你
四個字。
這樣，
對方就會誤以為
那是她自己的感受，
答應我的求婚。

當佐羅力正想著、想著，
露出嘻嘻呵呵的笑容時，

是誰藏在樹後面？
為什麼要偷聽我們講話？

妮拉運用透視能力
發現了佐羅力他們。
不過，佐羅力卻不慌不忙的
變身為怪傑佐羅力，從樹幹後頭走出來。
「嘿，你們好像也拿到咖哩湯匙了，
借我一下吧。」佐羅力這麼說著，
從妮拉手中
拿過湯匙，

立刻讓湯匙軟化，
而且變彎曲的樣子。
「就像你們看到的，
本大爺和你們一樣都
擁有超能力。我叫做佐羅力，
請多多指教。」
「那麼，佐羅力也是和爸爸吵架後，
跑出來的嗎？」
阿俊問道。

很可惜，本大爺已經沒有爸爸可以和我吵架了。很久很久以前，他架著飛機，然後就行蹤不明，不知道去哪裡啦。

被阿俊一問，轉眼間，佐羅力垂下肩膀，但他卻又馬上挺直背脊說道：

不——過，
我們都是被老天爺選中的人，
就算不「靠爸」，
大家也一定要獨立完成
身為超能力擁有者的
終極使命！

佐羅力挺起胸膛，高高的舉起右手。
如此光明正大的態度和冠冕堂皇的演說，
成功吸引了因為擁有超能力而感到煩惱的
孩子們。

就在這時，

山丘上傳來美味咖哩的濃郁香氣。

咖哩工廠終於開工了。

「對了，我想到啦。本大爺是因為『好想吃咖哩』的這個強烈意念，才能讓湯匙彎曲的。」

佐羅力馬上改變作戰策略。

大家聽我說，
我們這些被上天選中的人，說不定就是將來要經營大工廠的精英人才。
呼~
呼~
哈~

咖哩
咖哩
咖哩
Let's Go!
為了那一刻的到來，
到咖哩工廠參觀學習，
做好準備，
是絕對有幫助的。

佐羅力隨隨便便編了一個理由後，
就帶著大家爬上山丘，
直接往工廠前進。
其實，他只不過、
只不過是想吃咖哩而已。

在山丘上的工廠前，
一大群攝影記者和新聞記者，
正圍繞著碰碰倒董事長，
馬上要開始進行採訪。
工廠落成紀念
碰碰倒咖哩
試吃大會
咖哩工廠在這麼忙碌的時候，
還能讓我們參觀嗎？
佐羅力不顧伊豬豬的疑慮，
一邊朝著碰碰倒董事長揮手，
一邊大喊著：
喂，
碰碰倒董事長——
也讓我們幾個
一起試吃咖哩吧！

碰碰倒董事長以為佐羅力是一個滿心期待好吃咖哩即將於下周開始販售的客人，

好哇，請多多指教。
太好了，得到許可了，大家先在這邊等一下。

因此笑嘻嘻的回答。

這時，佐羅力跑到工廠後方繞了一圈。

他對著後門那個大大的鎖喊著：

佐羅力靠著超能力讓鎖軟化後變得彎曲，就這樣把門打開之後，隨即將大家叫過來。

「走吧？碰碰倒董事長正在忙，

所以要我們自行參觀，並給予指教。我們就在不影響工廠所有工作人員的狀況下，悄悄的、快快的參觀一遍。各位，進去嘍。快進去！」

他們一走進咖哩工廠裡，就看到許多已經準備好供人試吃的咖哩飯。

不管是佐羅力、伊豬豬或魯豬豬，全都忍不住跑向前抓起盤子，張大嘴巴、狼吞虎嚥的吃起咖哩。

「嗯——好好吃呵。」

聽到佐羅力發出滿足的讚嘆聲，
孩子們哪能忍住不吃呢？
不知不覺中，
大家都伸手拿了第二盤咖哩飯。
吃飽喝足已經不再飢腸轆轆的佐羅力，
抬頭看著身旁的機器，說道：
「哦，這就是製作出這些好吃咖哩
的機器吧？」
伊豬豬聽到這些話，問道：

酵術機
佐羅力大師，那上面寫著「酵術機」是什麼意思啊？
酵術？
哦，因為經過一天發酵的技術，可以讓咖哩吃起來更加美味。所以我們吃的咖哩，就是讓材料在那裡發酵睡著後釋放出美味，所製作而成的咖哩。原來美味的關鍵就是這部機器呀。

佐羅力正讚嘆著，隨後就注意到有人往他們這裡走來。

「糟了。我答應碰碰倒董事長，要靜悄悄的參觀，不要造成他們的困擾。所以，大家先趕快躲起來。」

儘管「靜悄悄的參觀」這種話聽起來很奇怪，但一聽到佐羅力對他們這麼說，孩子們便慌慌張張的躲了起來。

接下來——

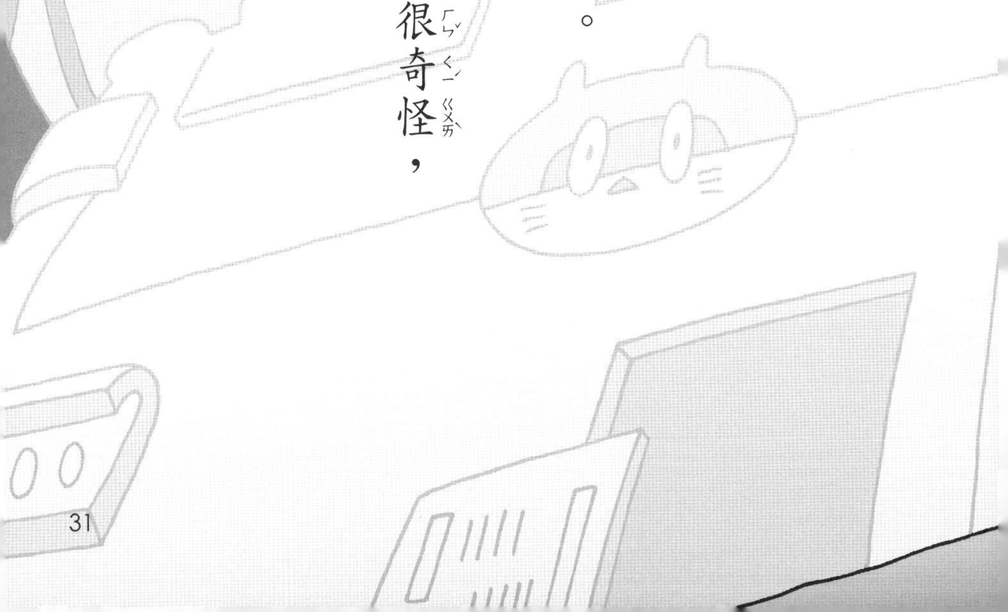

「董事長已經講完話了，差不多要把咖哩送出去了。」

兩位狸貓工作人員走了過來。

「咦，咖哩少了耶。」

「反正這些咖哩就像不用錢似的，想要做出多少就能做出多少，所以不用特別去在意到底少了幾盤啦。」

「說的也是。要是揭開這地底下的祕密，

大家都會嚇一大跳吧。那位小氣巴拉的碰碰倒董事長，他想做的事，還真是可怕呢。」

「噓——別說了，要是讓別人聽到，我們兩個馬上會被炒魷魚的。快點將咖哩運出去吧。」

兩位工作人員推著放咖哩的四輪推車走了。

佐羅力和伊豬豬、魯豬豬悄悄說話咬耳朵。

「喂，你們聽過『像不用錢似的製作出咖哩』，這種像在做夢一樣的話嗎？我們的作戰方式需要再變更一次。我打算利用這幾個孩子的超能力，將工廠的祕密和設計圖弄到手。這樣，我們也能開一家咖哩工廠，好好的大賺特賺啦！」

而另一頭，

三個孩子也興致盎然的問：

「嘿，佐羅力大師，

他們說的地下祕密，到底是什麼啊？」

對佐羅力來說，這問題問得正好。

他回答：

「好！我們就特別連地下室都一起參觀。

不過，這個可不能告訴董事長呵。」

佐羅力雖然很快就發現通往地下的入口，

可是……

絕對禁止進入！
地下入口
非工作人員的其他人禁止進入

一看就知道，
經營者很不希望別人
知道工廠的祕密。
鐵門上有非常牢固的鎖，
門後還有兩個警衛守著。
佐羅力想利用超能力
將鎖變彎，
打開鐵門，
但是這樣會發出
很大的聲響，
所以這個方式行不通。
「嘖，非得弄走那兩個警衛
不可。」
佐羅力喃喃自語著。

「讓我來試試。」
阿俊閉上眼睛，集中注意力，
就在這個時候，

那兩個警衛突然
全都從椅子上站了起來，
往外頭跑去。

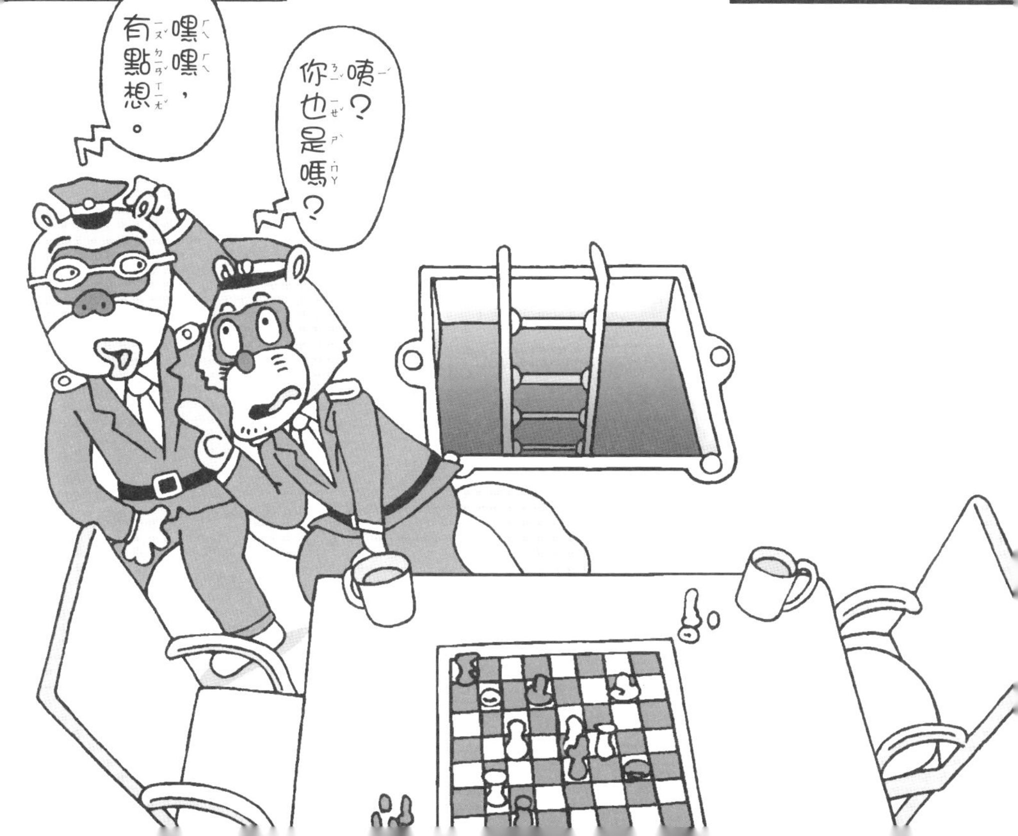

「你、你做了什麼？」

佐羅力露出不可思議的表情問。

「我試著用心電感應，

送出好想尿尿四個字。」

阿俊得意洋洋的回答。

「原來如此，

因為腦子裡突然冒出那四個字，

所以，兩個人都誤以為自己很想尿尿。

阿俊，做得好！」

孩子們在不知不覺中跟上佐羅力的步調，覺得自己就像個小偵探。

「好，接下來看我的。」

佐羅力抓住那把鎖，

我好想吃咖哩呀——

大喊出聲。

然而，那把鎖卻一點也沒有變彎。

沒錯。佐羅力只有在想吃咖哩的時候，才能夠召喚出他的超能力。
啊！
現在，他的肚子裡已經塞滿咖哩，所以不管他怎麼叫都沒辦法將鎖變彎。
然而，再這麼拖下去的話，那兩個警衛就要回來了。
我可以看到在警衛他們的座位後方，有一塊板子上面掛著門鎖的鑰匙。里杰拉，你能將鑰匙移動過來嗎？
距離那麼遠，我沒辦法啦。光是要讓鑰匙從板子上掉下來，我就要耗盡全力啦。
佐羅力聽到這些對話後……

從地板上，撬開一塊長木板，
嗶哩啪啦嗶哩啪啦

然後將長木板穿過鐵門的欄杆間，直達鑰匙下方，說：
來，里杰拉。快用你的超能力，讓鑰匙從板子上掉下來。
咚！

因為里杰拉發揮超能力，
鑰匙成功掉下來，
然後順著長木板滑呀滑，
滑到佐羅力的手上。

佐羅力一打開鐵門，
大夥兒就一起
跑向地下入口，
迅速沿著梯子往下爬。

佐羅力是最後一個。
當他繼續往下爬，眼看腦袋就要沒入地下看不見時，
啊，鐵門被打開了，有人入侵！

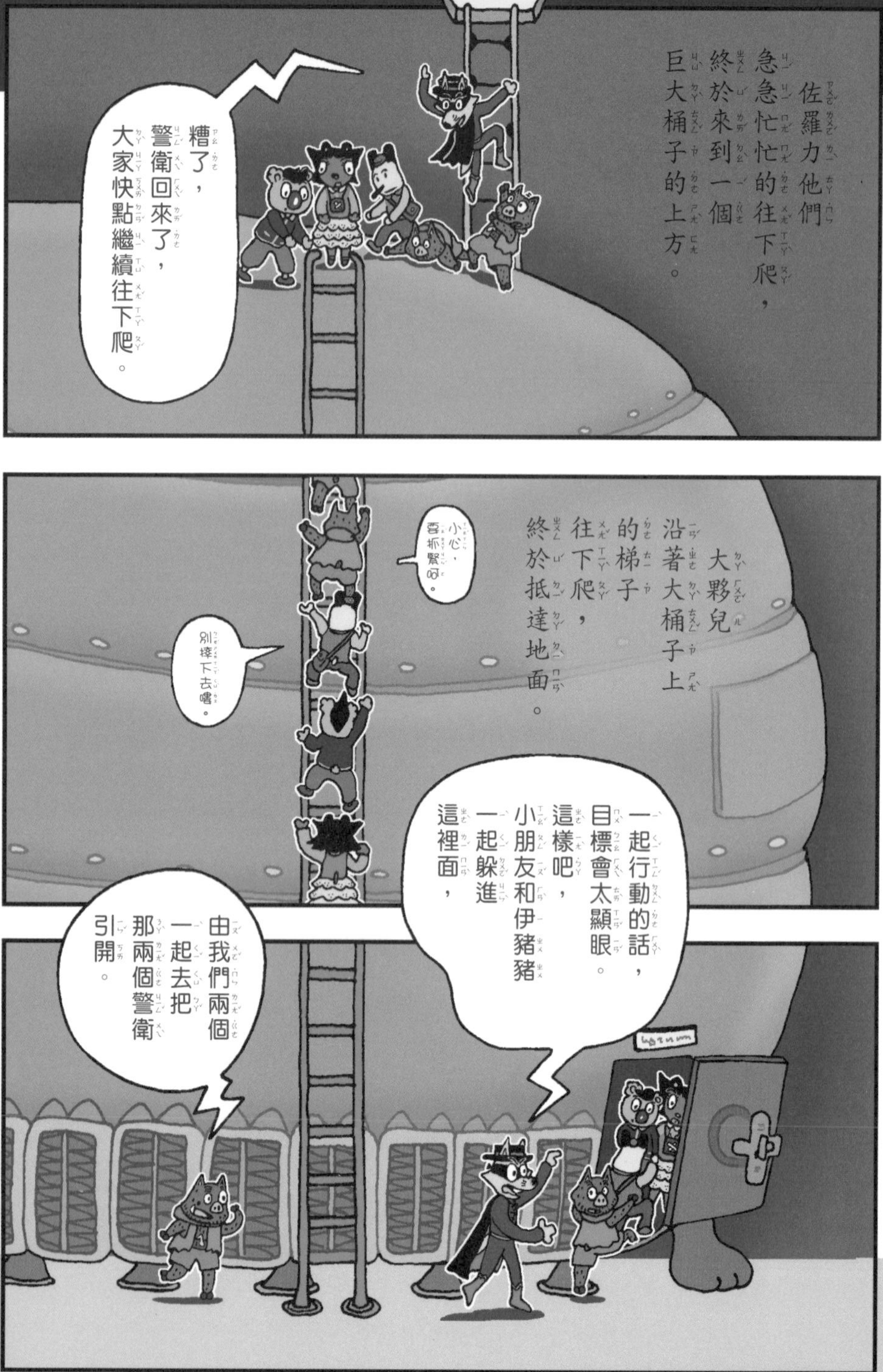
佐羅力他們急急忙忙的往下爬，終於來到一個巨大桶子的上方。
糟了，警衛回來了，大家快點繼續往下爬。
大夥兒沿著大桶子上的梯子往下爬，終於抵達地面。
小心，要抓緊呀。
別摔下去囉。
一起行動的話，目標會太顯眼。這樣吧，小朋友和伊豬豬一起躲進這裡面，
由我們兩個一起去把那兩個警衛引開。

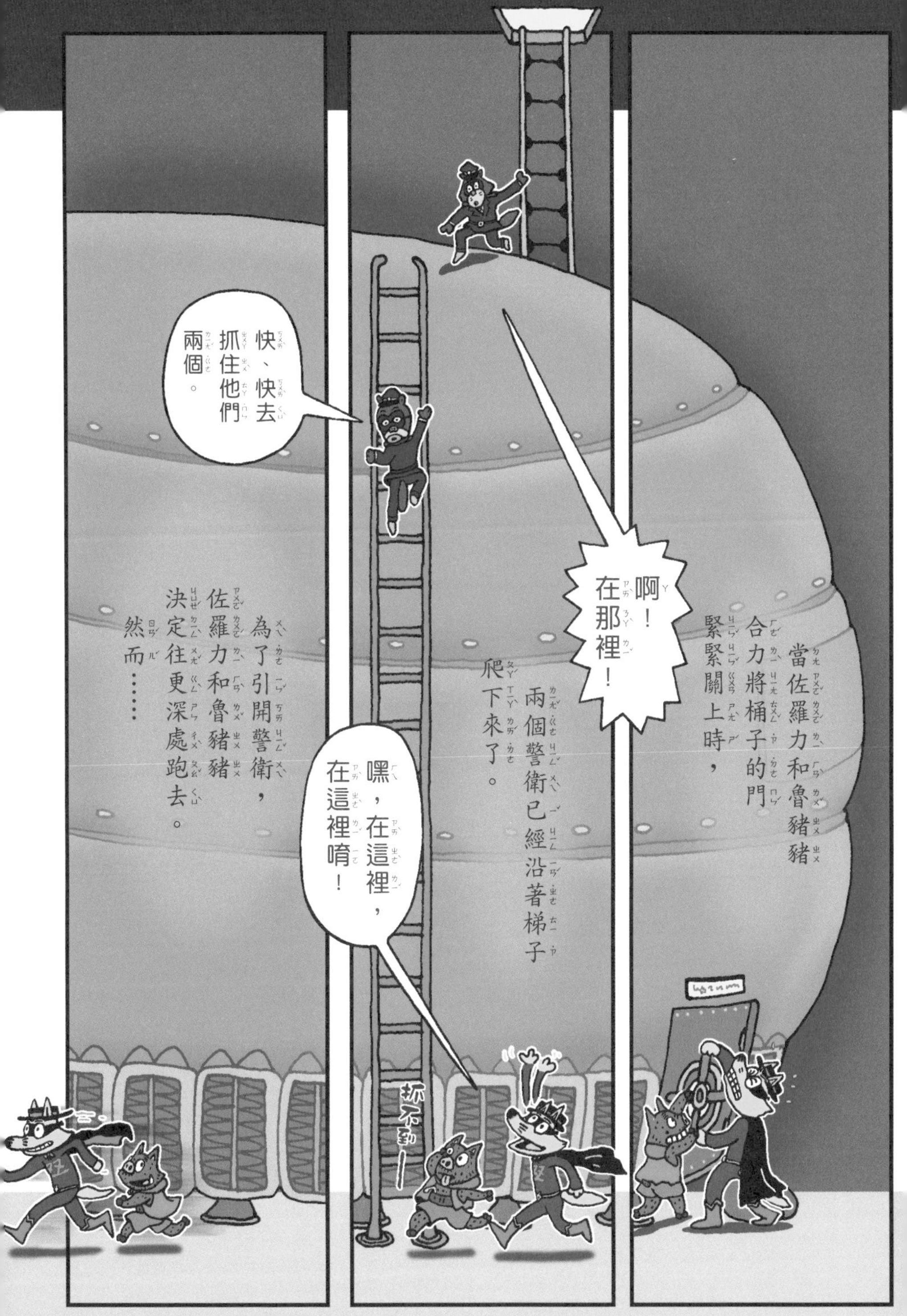

當佐羅力和魯豬豬合力將桶子的門緊緊關上時，
啊！在那裡！
兩個警衛已經沿著梯子爬下來了。
快、快去抓住他們兩個。
嘿，在這裡，在這裡唷！
抓不到——
為了引開警衛，佐羅力和魯豬豬決定往更深處跑去。然而……

這層樓就只有一個巨大的桶子，根本找不到其他可以藏身的地方。

被後面的警衛追得無路可退的佐羅力和魯豬豬，不得不逃進最裡面的一個小小通風孔。

魯豬豬，我要先跳進去嘍，你隨後跟上。
知道了。
B1
通風孔

咻咻
佐羅力和魯豬豬所跳下來的地方，是再往下一層的地下室。
太幸運了！我們找到了，這裡就是工廠的祕密呀！
地下水
佐羅力非常高興，因為這裡看起來就是製作咖哩的現場。
舉目所見，到處都是小小的挖土機，正忙著從地面上挖土，再將土放到自動輸送帶上。
哇！這裡的地面一定全部都是結塊的咖哩醬。
什麼！呸呸呸！佐羅力大師，這只是泥土而已。

然而，這是一間咖哩工廠，
應該會有製作咖哩的
材料啊？
於是，兩人分頭拚命的
找哇找，
這時……
將泥土吸上去，
與地下水混合在一起，
形成泥漿。
自動輸送帶
咻
咚

①魯豬豬被挖土機的大鏟子鏟起，
哇啊！
②放上自動輸送帶，
③和泥土一起被吸進大桶裡，
魯豬豬——

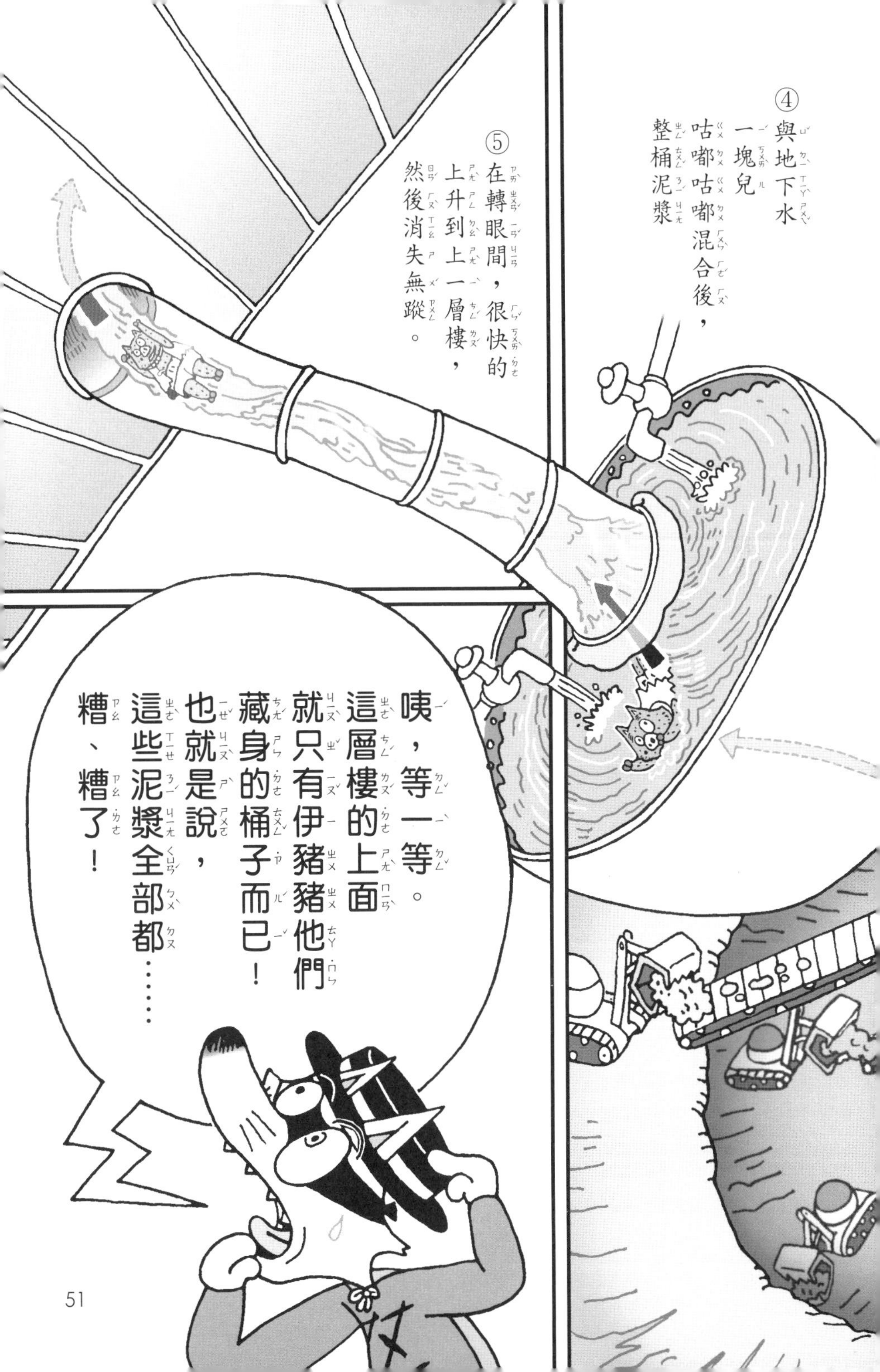
④與地下水
一塊兒
咕嘟咕嘟混合後，
整桶泥漿
⑤在轉眼間，很快的
上升到上一層樓，
然後消失無蹤。
咦，等一等。
這層樓的上面
就只有伊豬豬他們
藏身的桶子而已！
也就是說，
這些泥漿全部都……
糟、糟了！

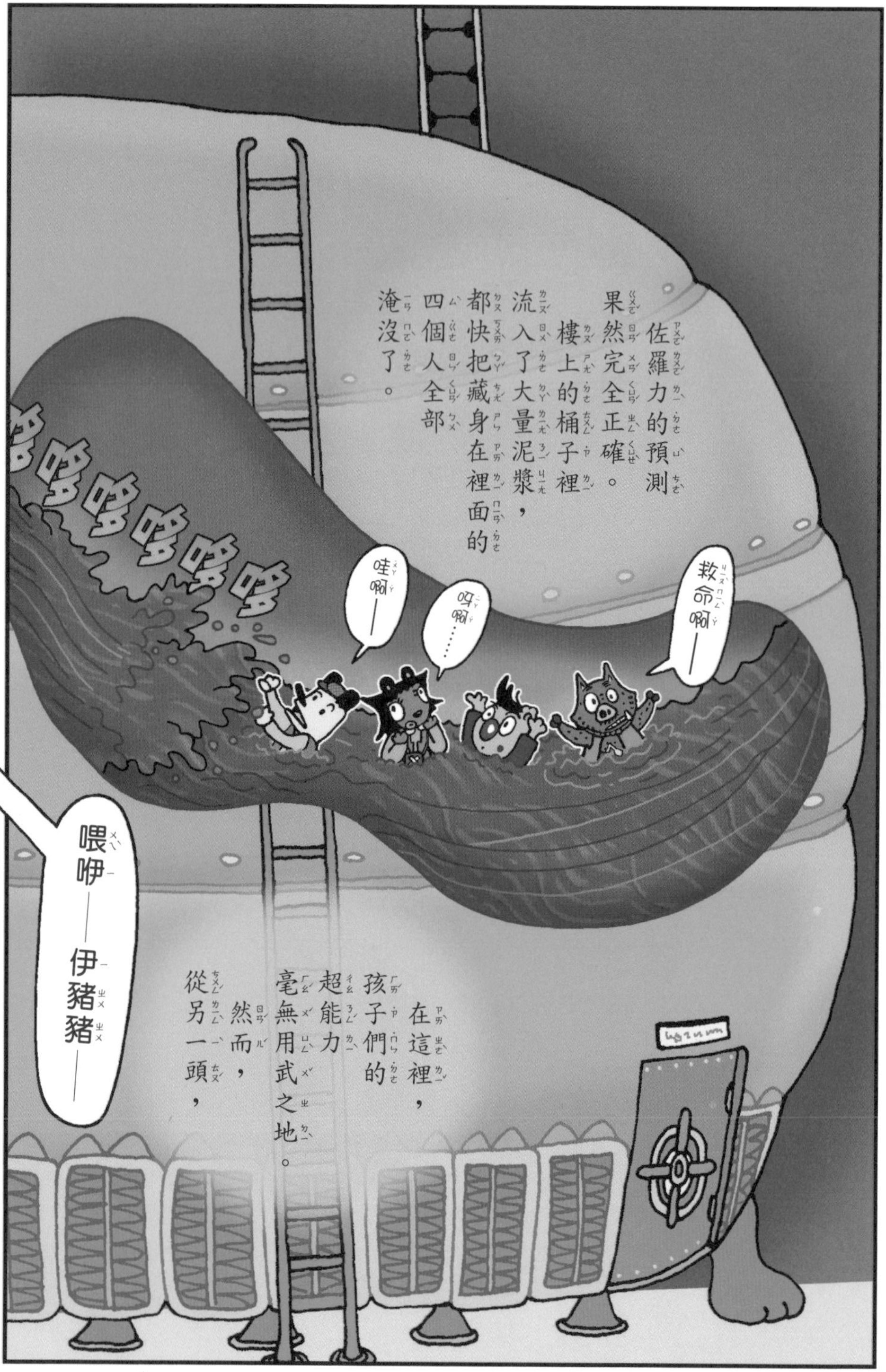
佐羅力的預測果然完全正確。樓上的桶子裡流入了大量泥漿，都快把藏身在裡面的四個人全部淹沒了。
咚咚咚咚咚咚咚
救命啊——
咿啊……
哇啊——
在這裡，孩子們的超能力毫無用武之地。
然而，從另一頭，
喂咿——伊豬豬——

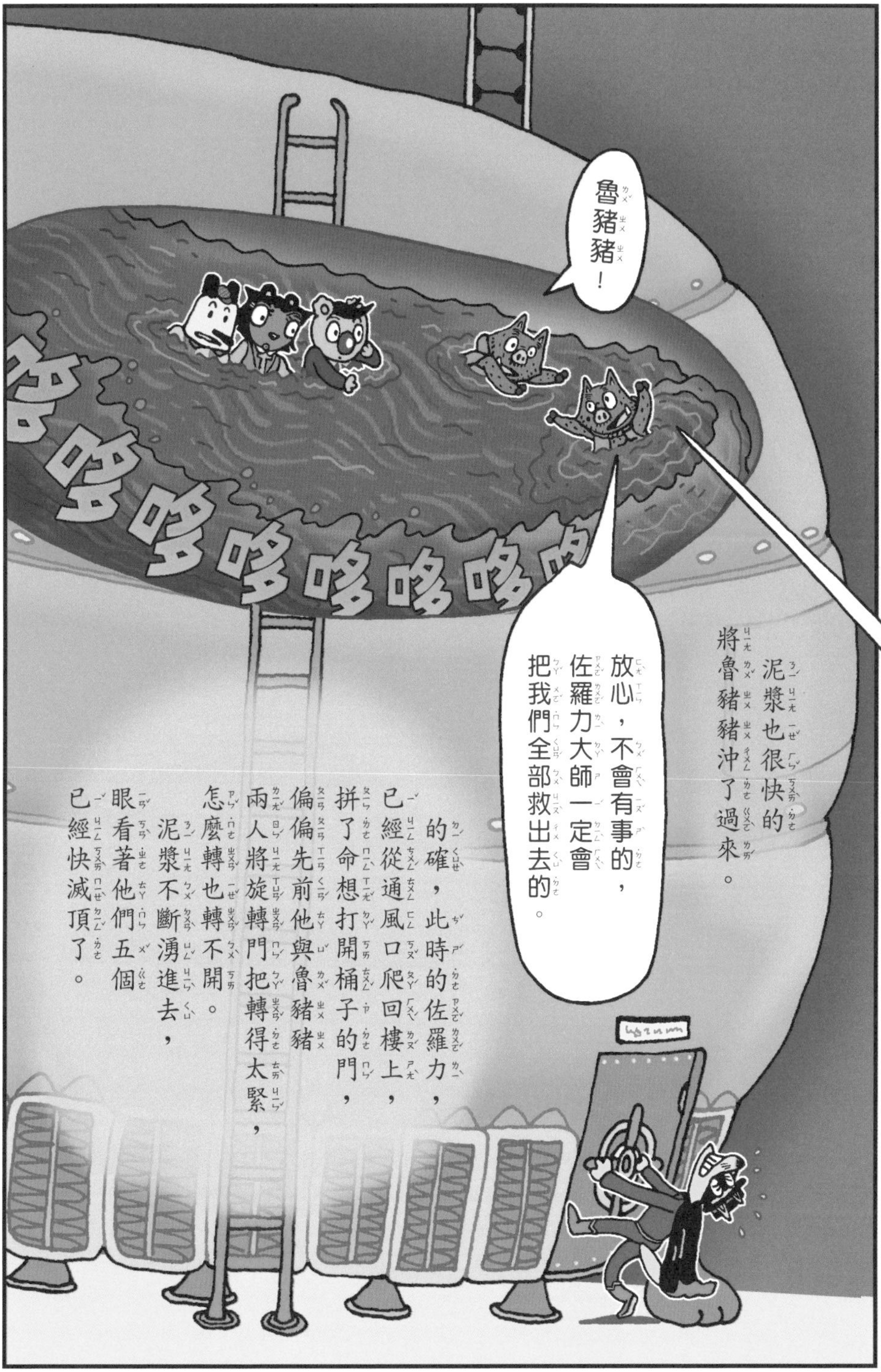
魯豬豬！
哆哆哆哆哆哆哆
放心，不會有事的，佐羅力大師一定會把我們全部救出去的。

泥漿也很快的將魯豬豬沖了過來。

的確，此時的佐羅力，已經從通風口爬回樓上，拼了命想打開桶子的門，偏偏先前他與魯豬豬兩人將旋轉門把轉得太緊，怎麼轉也轉不開。

泥漿不斷湧進去，眼看著他們五個已經快滅頂了。

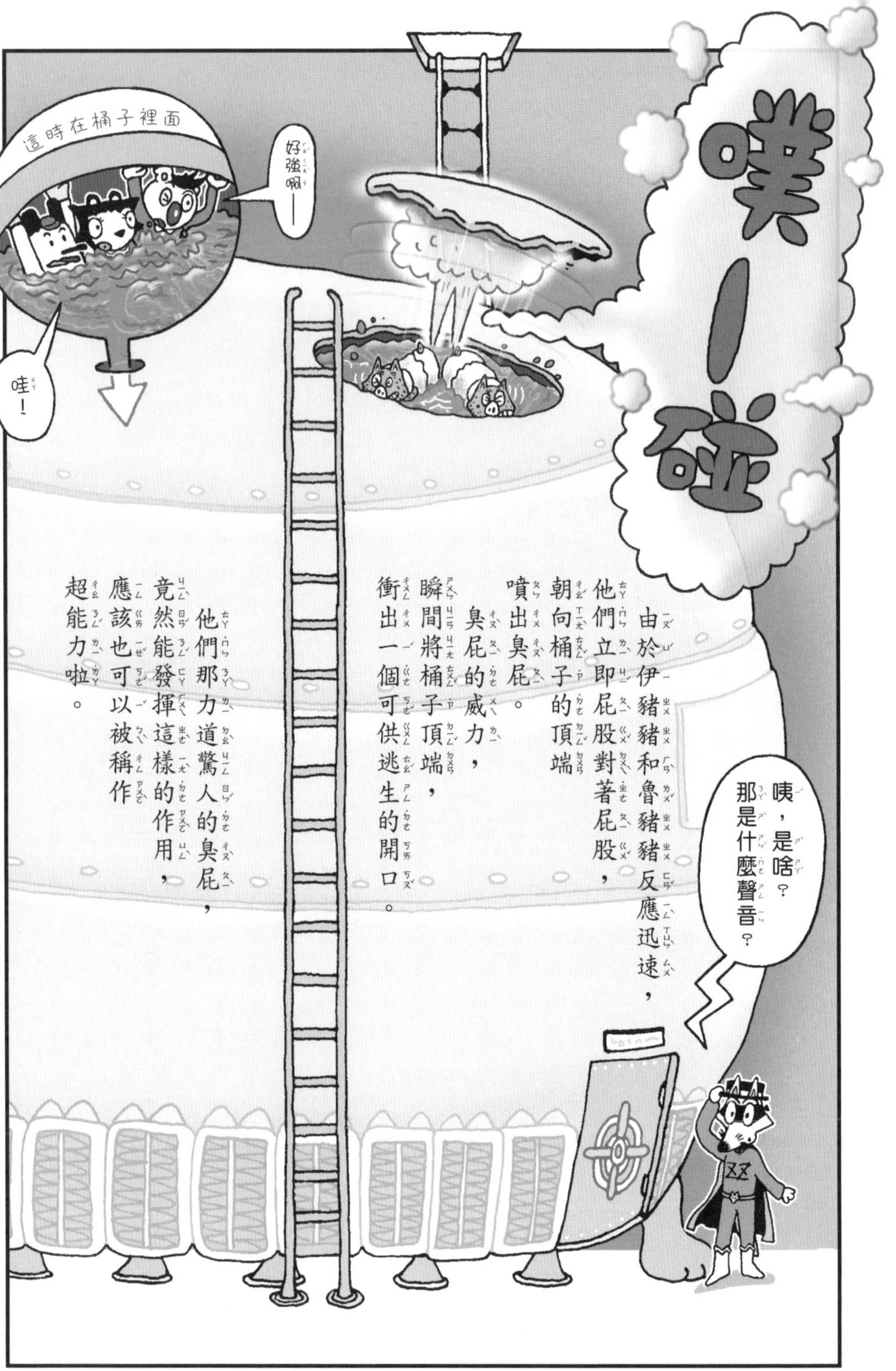
噗！碰
由於伊豬豬和魯豬豬反應迅速，
他們立即屁股對著屁股，
朝向桶子的頂端
噴出臭屁。
臭屁的威力，
瞬間將桶子頂端，
衝出一個可供逃生的開口。
他們那力道驚人的臭屁，
竟然能發揮這樣的作用，
應該也可以被稱作
超能力啦。
咦，是啥？
那是什麼聲音？
這時在桶子裡面
好強啊——
哇！

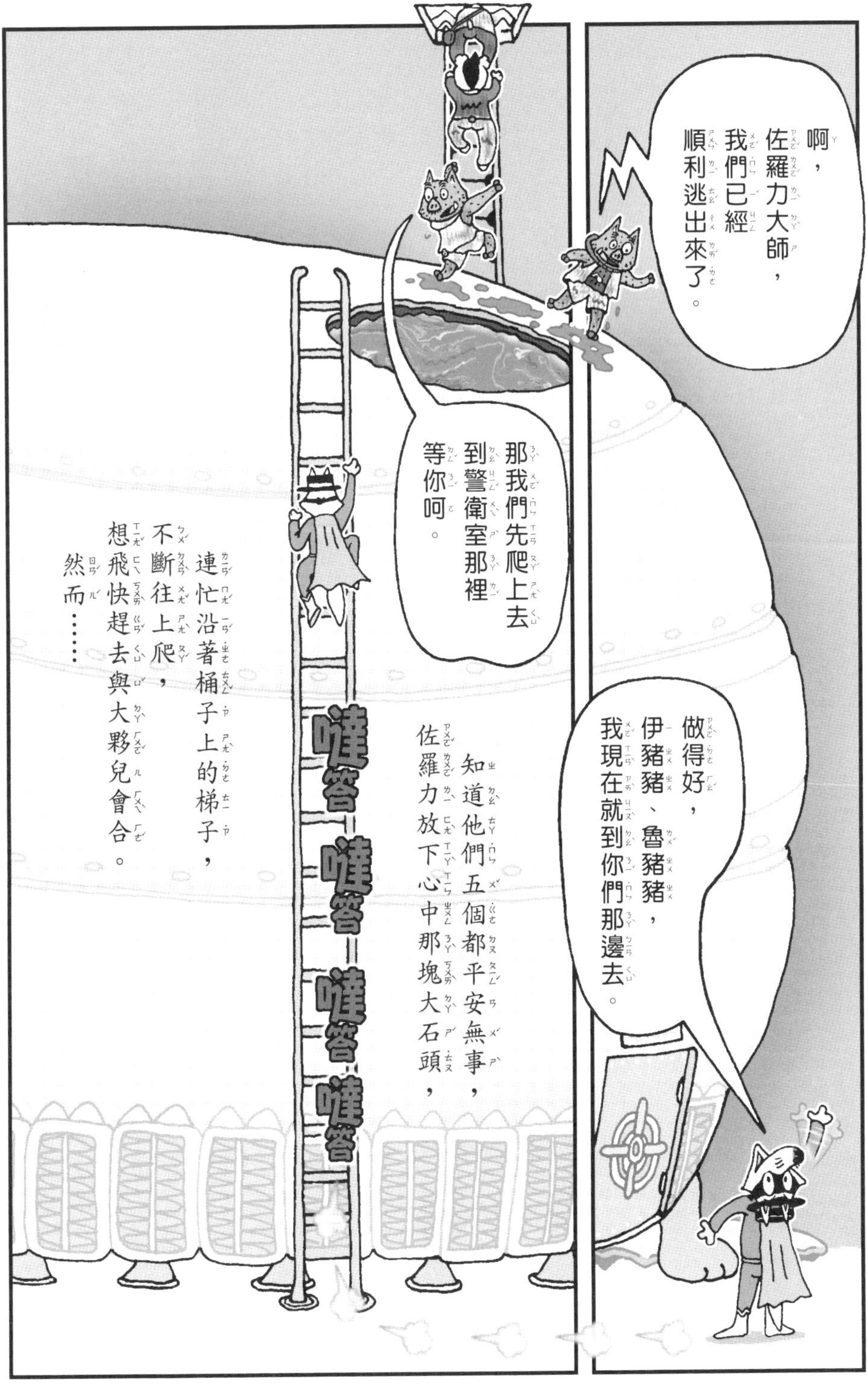
啊，佐羅力大師，我們已經順利逃出來了。
做得好，伊豬豬、魯豬豬，我現在就到你們那邊去。
那我們先爬上去到警衛室那裡等你呵。
知道他們五個都平安無事，佐羅力放下心中那塊大石頭，
噠答 噠答 噠答 噠答
連忙沿著桶子上的梯子，不斷往上爬，想飛快趕去與大夥兒會合。然而……

他們五個卻在警衛室裡被碰碰倒董事長給抓住了。

碰碰倒董事長說著說著，就將佐羅力、伊豬豬，和魯豬豬，三人一起推進桶子裡的滾滾泥流中。

嗚哇——
撲通！
沙沙沙沙沙
佐羅力他們三人就這樣被滾滾泥水捲走，不知將會衝往何處？

至於碰碰倒董事長，則把孩子們全部帶到董事長室，將他們綁在椅子上後，說：

這是可以看到
整座工廠全貌的
特等席座位，
你們是來參觀學習的，對吧？
所以，我特別讓你們
瞧瞧那些泥水，是怎麼
透過騙術做假變成咖哩。
騙術機

孩子們
再一次
仔細看那臺
咖哩製造機，
發現上頭，

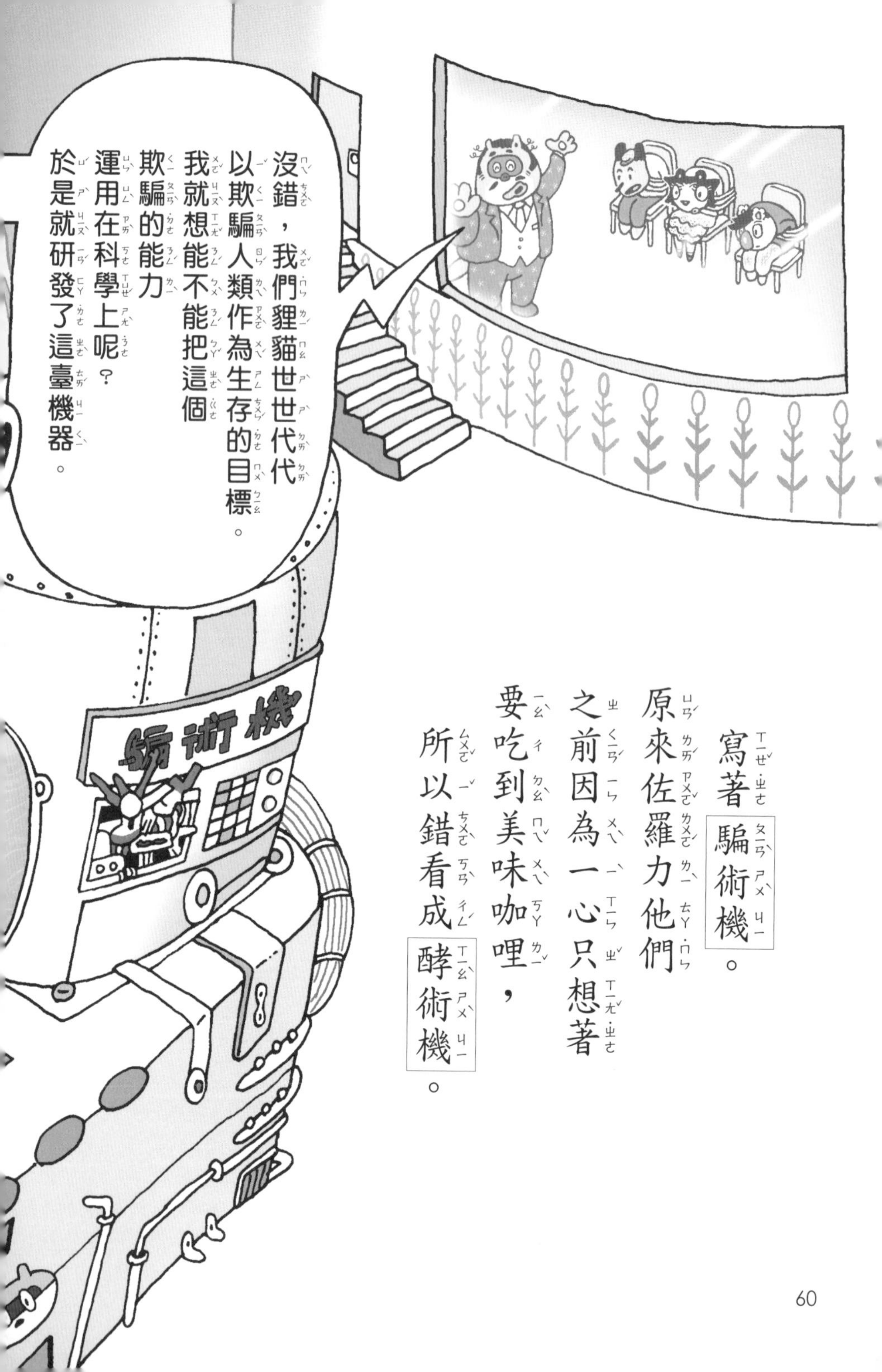
沒錯，我們狸貓世世代代
以欺騙人類作為生存的目標。
我就想能不能把這個
欺騙的能力
運用在科學上呢？
於是就研發了這臺機器。
騙術機

寫著騙術機。
原來佐羅力他們
之前因為一心只想著
要吃到美味咖哩，
所以錯看成酵術機。

這個計畫，就是以這些名為「地球上的土」的泥土，造假做成咖哩再賣給大家，這麼一來，完全不需要成本也能賺大錢啦。

啊哈哈哈哈哈哈哈。

碰碰倒董事長發出得意的笑聲，妮拉卻突然臉色大變，驚叫著：

「喂，後面那個咖哩大桶有狀況了！」

那個咖哩大桶是偷工減料建造而成的，連一根鋼筋也沒有。我可以透視，所以看得到裡面。這個桶子要是裝滿泥漿，就會因為太重而倒塌。
小姑娘，說偷工減料很難聽耶，我希望你改成「節省資源」。敝社對於環保可是很有貢獻呢。

要我說呢，桶子倒塌這種事
還不會那麼快發生，
反倒是佐羅力他們，
已經要被騙術機變成咖哩啦。
大家就一起來看看吧。
從這裡就能親眼確認
泥流的狀況，
以及變成咖哩的那一瞬間唷。
從這個開口可以確認泥流的狀況。
從這個透明的窗戶，能看到泥漿被騙術變造為咖哩的那一瞬間。

當碰碰倒董事長轉身
面向咖哩騙術機的那一刻……

竟然看到佐羅力他們，
一個個從那個開口
爬了出來。
「怎、怎麼這麼沒用！」
碰碰倒董事長
從房間飛奔而出。
此時正是孩子們逃脫的
好時機，偏偏他們全被繩子給
緊緊綁在椅子上，

動彈不得。

「爸爸——救命啊——」

三個人的腦中，都浮現與他們吵架的父親臉龐。

或許就像爸爸們說的，超能力根本一點用也沒有吧。

他們三個都流下眼淚。

這時，

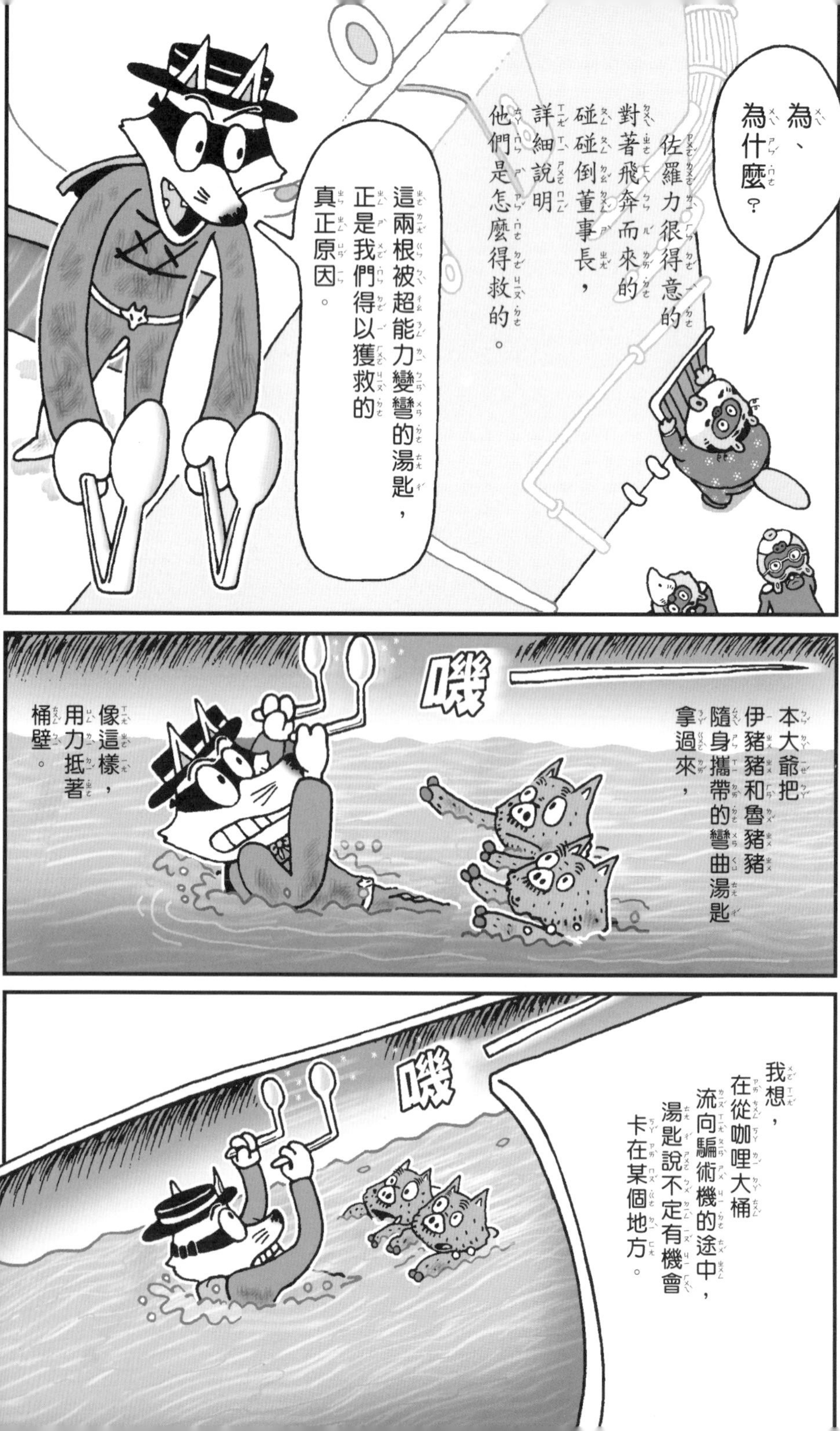

為、為什麼？
佐羅力很得意的對著飛奔而來的碰碰倒董事長，詳細說明他們是怎麼得救的。
這兩根被超能力變彎的湯匙，正是我們得以獲救的真正原因。
嘰
本大爺把伊豬豬和魯豬豬隨身攜帶的彎曲湯匙拿過來，
像這樣，用力抵著桶壁。
我想，在從咖哩大桶流向騙術機的途中，湯匙說不定有機會卡在某個地方。
嘰

果然，太順利了，本大爺的雙腳就像這樣用力撐住，
喀鏘喀鏘
此時，伊豬豬和魯豬豬便從這個開口
爬了上去。
騙術機
從這裡開始，騙術機會釋放特殊的變造光線，將所有通過的東西變成咖哩。
而本大爺也在快要變成咖哩的前一刻，
被伊豬豬和魯豬豬用力拉出來。
嗶嗶嗶嗶
啊！我的披風變成咖哩了！
喂，碰碰倒！你的陰謀詭計已經全部都被本大爺看穿了！
嘰—嘰

「你竟然用泥土欺騙造假，
變造大家最愛的咖哩來賺大錢，
世界上怎麼會有你這種傢伙呢？
本大爺要把這一件可恥的事
向所有的人揭發出來。」
佐羅力這麼一說，

揭　發　◦將大家沒有注意到、不該存在的壞事揭露開來，讓所有人知道。

「這樣的話，本公司不是完蛋了嗎？讓那麼多大人知道祕密，是個大麻煩，所以我不能讓你們走出這個工廠的大門。」

碰碰倒董事長比出一個手勢，工作人員和警衛全跑過來，團團包圍住咖哩騙術機。

就在這時，

巨大的咖哩桶整個倒下來了。就跟妮拉所預言的一模一樣，全是偷工減料造成的。

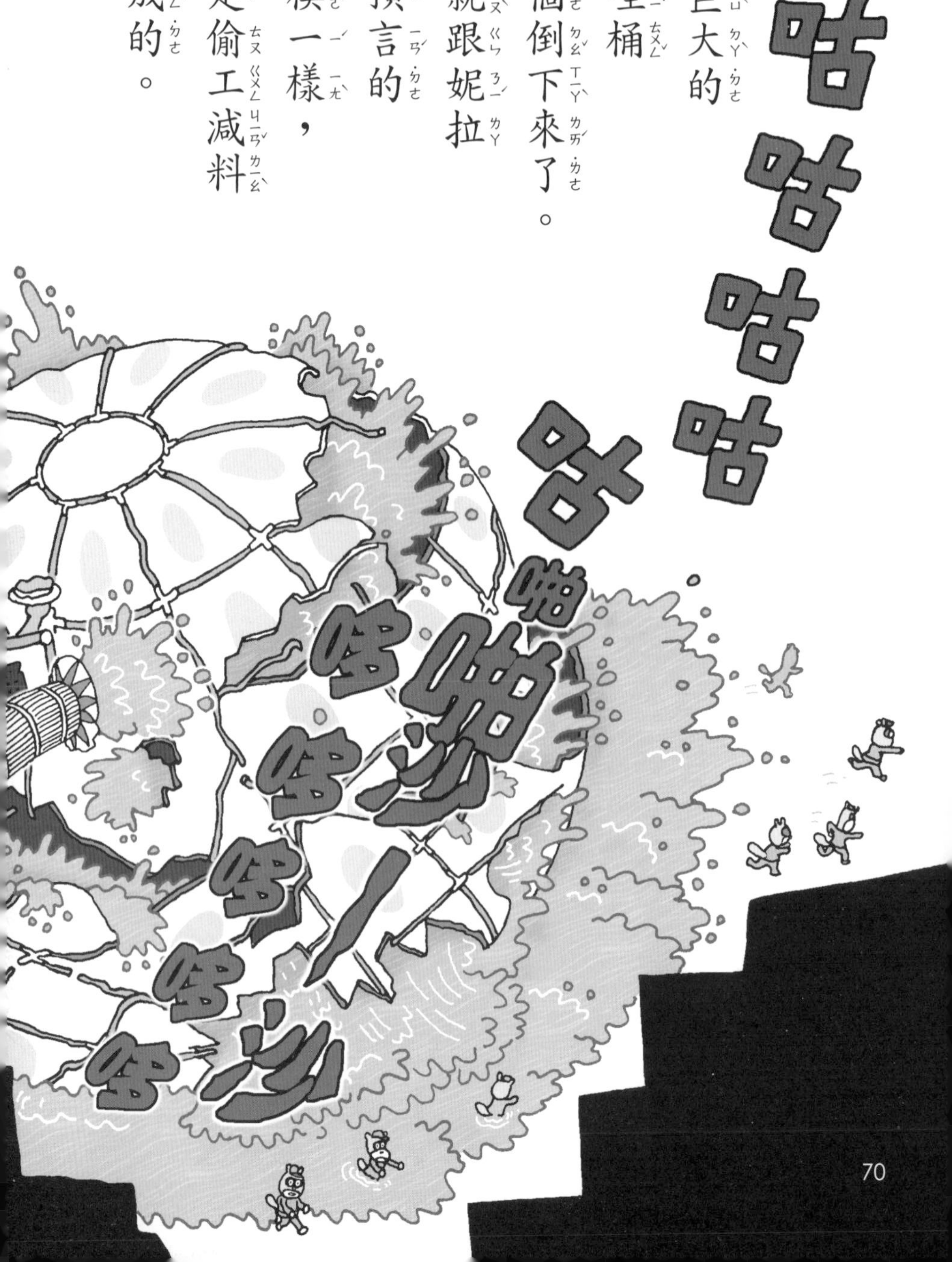

桶子根本承受不住
裡面儲存的
所有咖哩重量。
除了被撞擊破裂的那一面
缺口有咖哩噴出來，
連後面持續
變造製作出來的咖哩，
也從脫落的橡膠管中
不斷大量噴濺出來。

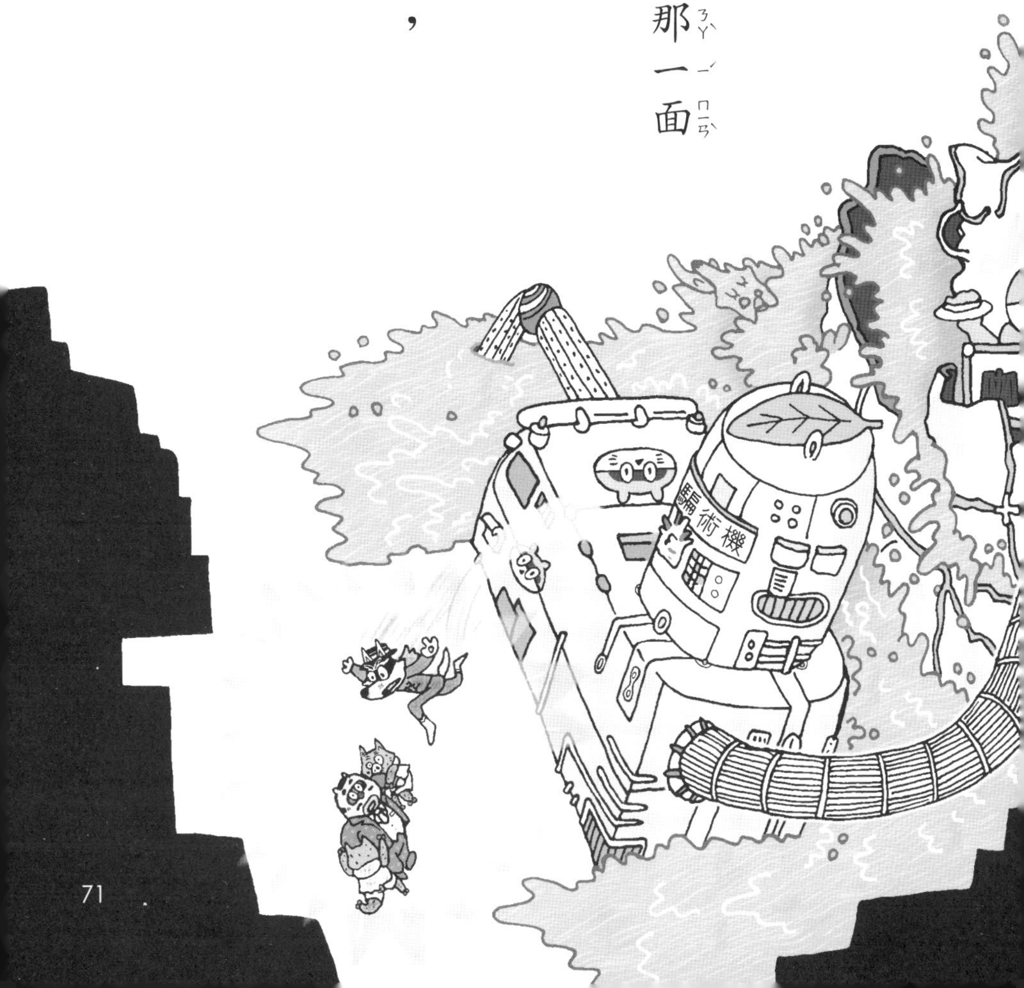

狸貓們一個個慌張逃命，

這時，佐羅力身手俐落的抓住碰碰倒董事長，對他說：

「走，快去切掉電源，立刻停止製作咖哩，

◎ 給爸媽的話

這絕對不代表「浪費食物」喔。
因為這些東西
看起來雖然像是咖哩，
卻完全是泥巴，
完完全全是泥巴喔。

不然的話，所有人都會被咖哩淹死的。」

「可是，開關已經淹沒在咖哩裡頭了，我根本不知道它在哪裡。看來，只能去關掉總電源。」

碰碰倒董事長這麼說著，在已經淹到膝蓋高的咖哩當中邁步，帶佐羅力他們前往電源室。

電源室當中，排列著許許多多機器，有各種儀表板和按鈕。碰碰倒董事長毫不猶豫的用手上的鑰匙，打開印著骷髏頭標誌的紅色盒子，按下裡面的按鈕。

突然，

嗶
警報聲嗶嗶嗶響了起來。
碰ー匡
啊。
哇哈哈，我剛按下的是定時炸彈的按鈕。十分鐘以後，這間工廠就會化為烏有，敝社的祕密也會消失得無影無蹤。順道一提，電源開關就在旁邊那個白色蓋子下。不過很不巧，只有我手上這把鑰匙開得了。
碰碰倒董事長拿走鑰匙，打破窗戶，逃到外頭去了。於是——

碰碰倒董事長
被咖哩漩渦捲走，
一直往出口流過去，
一轉眼就消失了蹤影。
咖哩持續不斷增加的狀況
比想像中來得更嚴重，
再這麼下去，
佐羅力他們被咖哩吞噬，
也是遲早的事。

佐羅力接連喊了很多次，
想要將白色的蓋子打開，
但是不管他怎麼努力，
超能力就是無法順利施展出來。

就在這時，

「佐羅力大師，
如果用這個，
可能可以停下咖哩騙術機呵。」

魯豬豬所找到的東西是……

定時炸彈裝置。
然而，使用了定時炸彈裝置，
在停下咖哩騙術機的同時，
佐羅力他們的命運
也會和咖哩工廠一樣，
被炸成千千萬萬的碎片。
十分鐘，不，已經剩九分鐘不到了，
咖哩騙術機、定時炸彈，
這兩個東西如果沒有停止運作，
那麼，一切都完了。
另外……

對於被迫待在董事長室的孩子們來說，狀況也相同。

他們一直被繩子綁在椅子上，只能眼睜睜看著咖哩一波波不斷湧進來，自己的超能力卻一點也幫不上忙，三個人因此陷入了絕望之中。

果然是你們幾個通知我們，你們出事了。
碰咚！
這時，踢破門跑進來的，是三個孩子的爸爸。
啪答
放著我和你合照的相框突然啪答一聲倒了，我因此有了不祥的

　期待獲救的孩子們，
透過超能力讓爸爸們注意到這件事。
　然而，他們可沒時間開開心心的
相聚在一起。
　董事長室外頭的咖哩
已經愈來愈多了，

大量的咖哩泥漿已經衝破咖哩大桶，將工廠入口整個淹沒了。

「搞什麼嘛！這樣不就回不去了嗎？」

「如果知道這間工廠的構造，也許還能做點什麼。」

「這裡是董事長室，
工廠的設計圖
應該也會放在這裡的某個地方，
不管如何，
先找找看吧。」
三位爸爸
為了拯救孩子，
開始在董事長室裡
胡亂翻找起來。

爸爸，就在那裡
在那個抽屜裡面！
是工廠的設計圖。
妮拉真厲害，
幫了很大的忙呢。

這時，
有透視能力的妮拉，
大叫出聲：

妮拉的爸爸打開抽屜一看，說道：

他一邊說著，一邊拿起那張設計圖仔細查看。

好，我知道了。我們趕往這層樓的電源室吧！到了那裡，不但能切斷電源，讓咖哩騙術機立即停止運作，還可以從通風孔逃出去。走吧！大家快跟上！

這位值得大家信賴的妮拉爸爸，是一位消防隊員，也是搜救隊的成員。

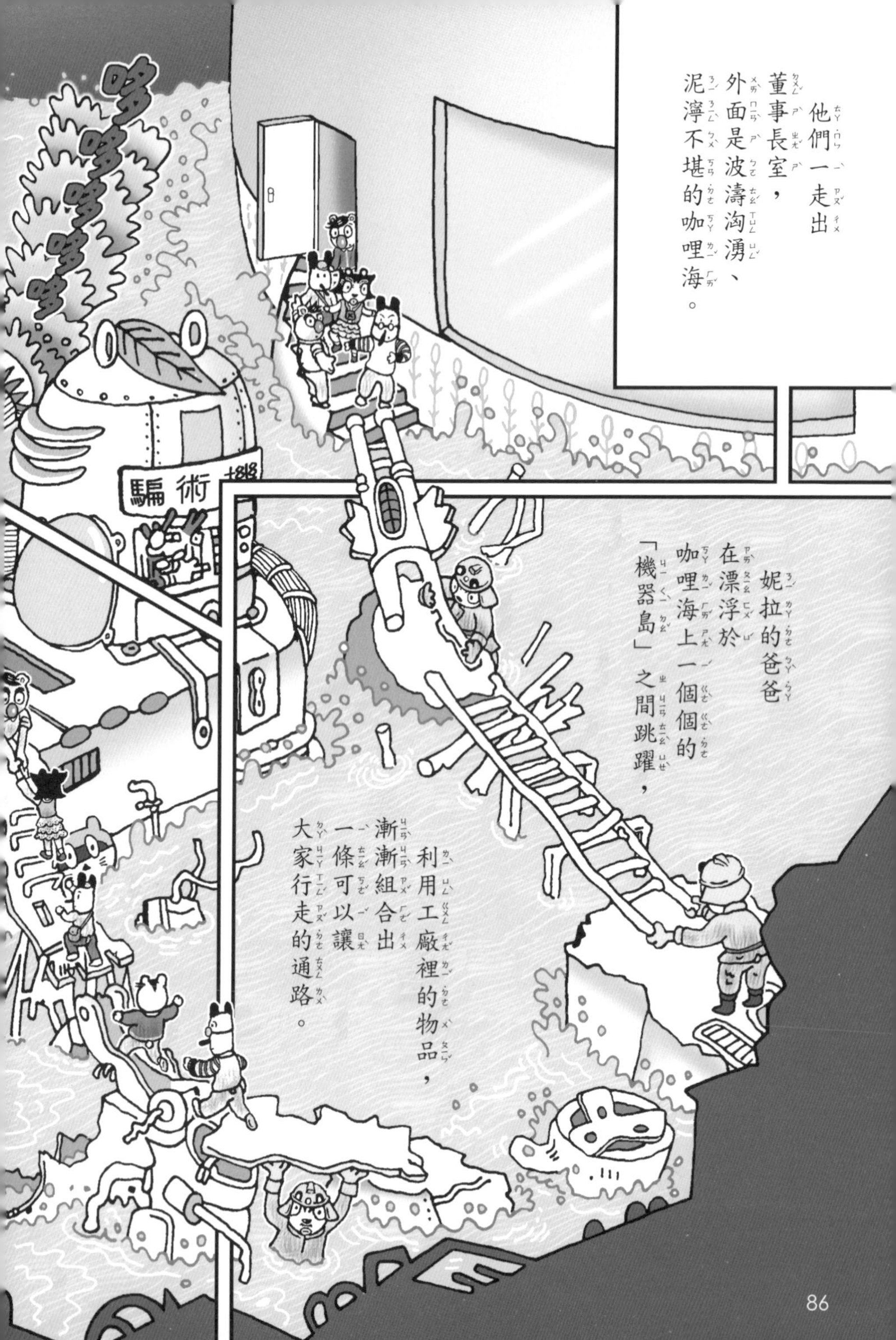
他們一走出董事長室，外面是波濤洶湧、泥濘不堪的咖哩海。
騙術
妮拉的爸爸在漂浮於咖哩海上一個個的「機器島」之間跳躍，
利用工廠裡的物品，漸漸組合出一條可以讓大家行走的通路。

孩子們一往下看，
全都被這個情況
嚇得不敢動，
還好有阿俊的爸爸
和里杰拉的爸爸保護，
三人才能安全的
抵達電源室。
嗡嗡嗡嗡
咚咚咚咚咚咚
而正在
電源室艱苦
奮戰的……
哇！
是誰？

①
那是佐羅力、伊豬豬
和魯豬豬三人。
三位父親
聽了佐羅力的說明之後，
就一起拍著胸脯說：
「請交給我們吧。」
②
阿俊的爸爸
是一位鎖匠。
他利用隨身攜帶
的工具，
輕輕鬆鬆就將白色的
蓋子打開，
切斷咖哩騙術機的
電源。
③
里杰拉的爸爸是電工專業人員，
他一拿到定時炸彈，
不慌不忙的
以非常慎重的態度
厲害～
按下
喀鏘喀鏘
啪喀

緊盯著配線，最後，剪掉了紅色的絕緣電線。而定時器上所剩的時間，正好停在「五分鐘」。
4
在這段時間裡，妮拉的爸爸也找到通風孔，手腳俐落的安裝好通往上方的繩梯，做好逃生的萬全準備。
1F
通風孔
啪嘰
剪斷
5
孩子們只能驚訝的張大眼睛，看著父親們展現迅捷又專業的工作技術。
就在故事即將迎向快樂結局的這一刻，工廠內發生出乎意料之外的狀況。

哆哆哆哆哆哆哆哆
造假機

原本剛剛已經

停止運作的咖哩騙術機，

竟然又開始製造咖哩。

「為、為什麼？」

具有電工專業的

里杰拉爸爸，

連忙重新查看一次設計圖。

工廠設計圖
機密
絕對嚴禁攜出

糟、糟了。因為擔心停電等等原因，
所以把咖哩騙術機設計成電源被切斷時，
會自動轉換為自備發電機發電，
由於是利用地下深層岩漿的高溫來發電，
所以機器永遠也停不下來了。

「什麼！一定要趕快停下來不可！
這臺機器會不斷挖掘地球的土壤，
然後全部都製作成咖哩呀！」
佐羅力聽了臉色大變。

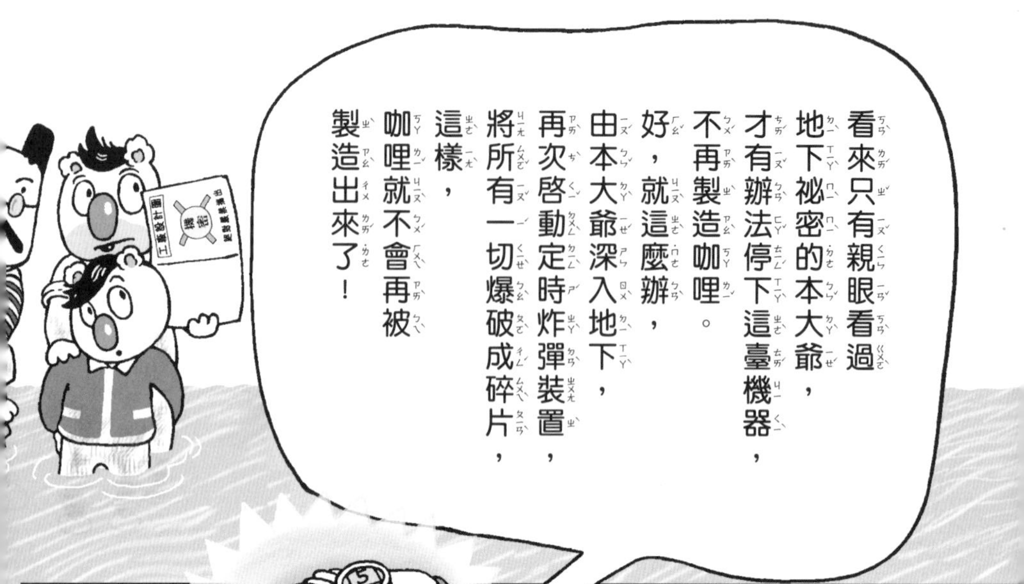
看來只有親眼看過地下祕密的本大爺，才有辦法停下這臺機器，不再製造咖哩。好，就這麼辦，由本大爺深入地下，再次啟動定時炸彈裝置，將所有一切爆破成碎片，這樣，咖哩就不會再被製造出來了！

我也看過地下的祕密。佐羅力大師，讓我一起去。
我雖然沒看過那個祕密，但是佐羅力大師，不管水裡來、火裡去，我都要跟著您。

伊豬豬和魯豬豬緊緊抓住佐羅力，不肯放手。但佐羅力卻認真的

本大爺看到爸爸們
為了拯救孩子
那種拼命的模樣，
內心深受感動。
本大爺就像
伊豬豬和
魯豬豬的爸爸一樣啊。
哪有道理讓你們
犧牲自己呢？
你們給我振作一點，
好好的留在這裡。

注視著兩人的雙眼，
這麼說道。

佐羅力說完，
轉身面向著三對親子請求：
「十分鐘以後，
這裡就會化為灰燼。
大家要立刻前往安全的地方避難。
麻煩請帶著這兩個一起走，
拜託了。」
他留下這些話，

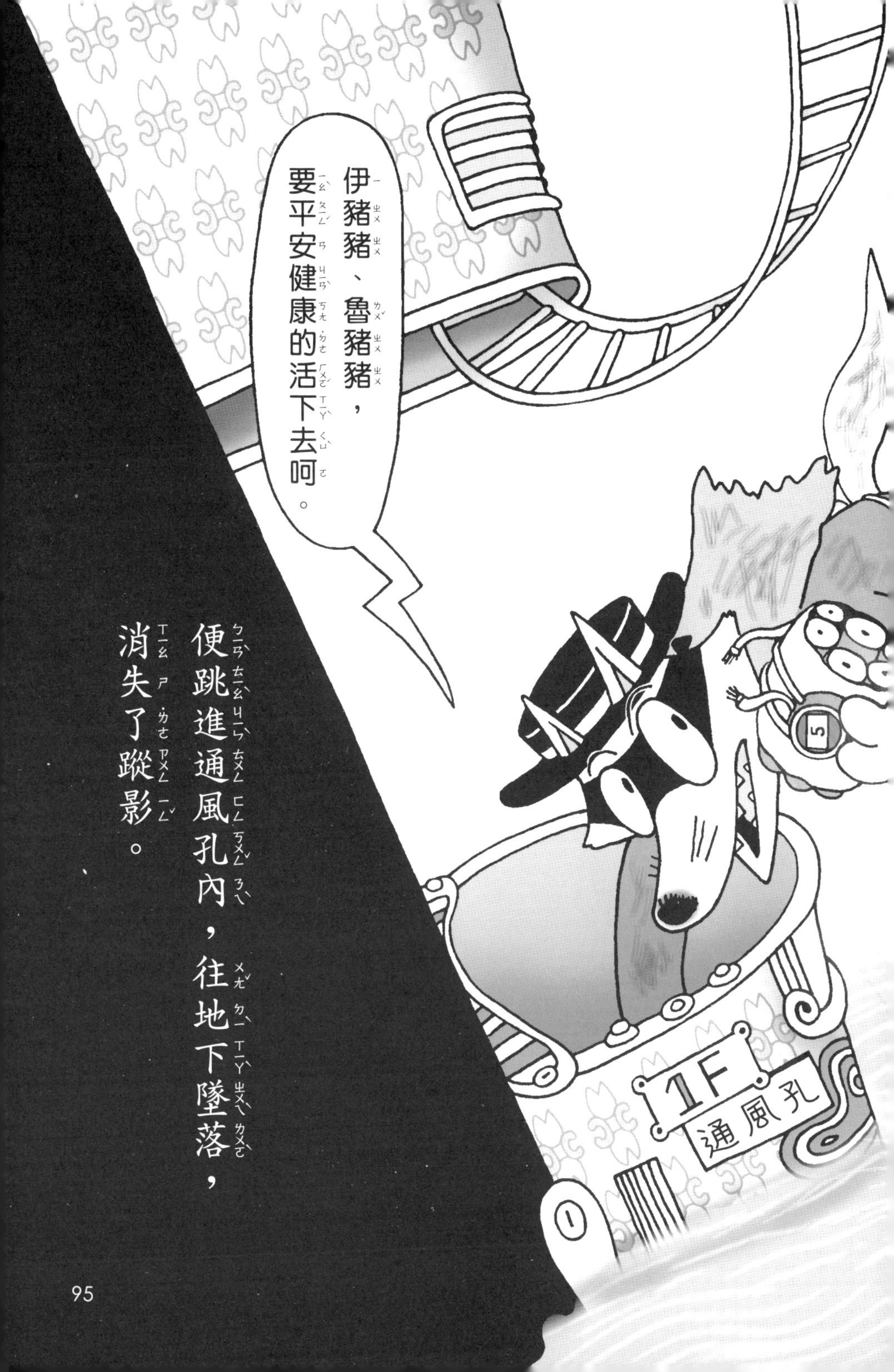
伊豬豬、魯豬豬，要平安健康的活下去呵。
1F
通風孔

便跳進通風孔內，往地下墜落，消失了蹤影。

當大家都已經成功避難的時候，

伴隨著巨大的爆炸聲響，整座咖哩工廠也全化為灰燼。

由於佐羅力的緣故，
地球總算沒有全部化為咖哩。
大家呆呆的看著陣陣白煙。
過了好一陣子，
直到白煙散盡，
他們眼前才出現了
那個往下深陷的工廠廢墟。
大家膽顫心驚的朝那個洞靠近，
往下一看，

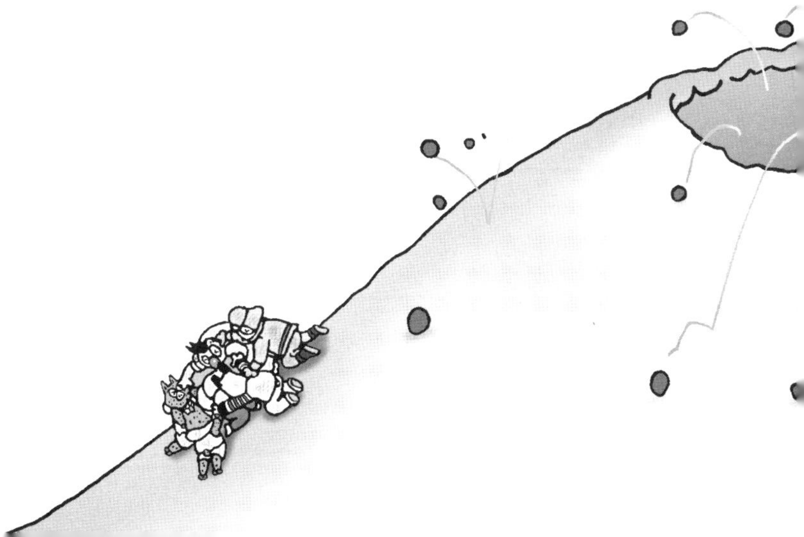

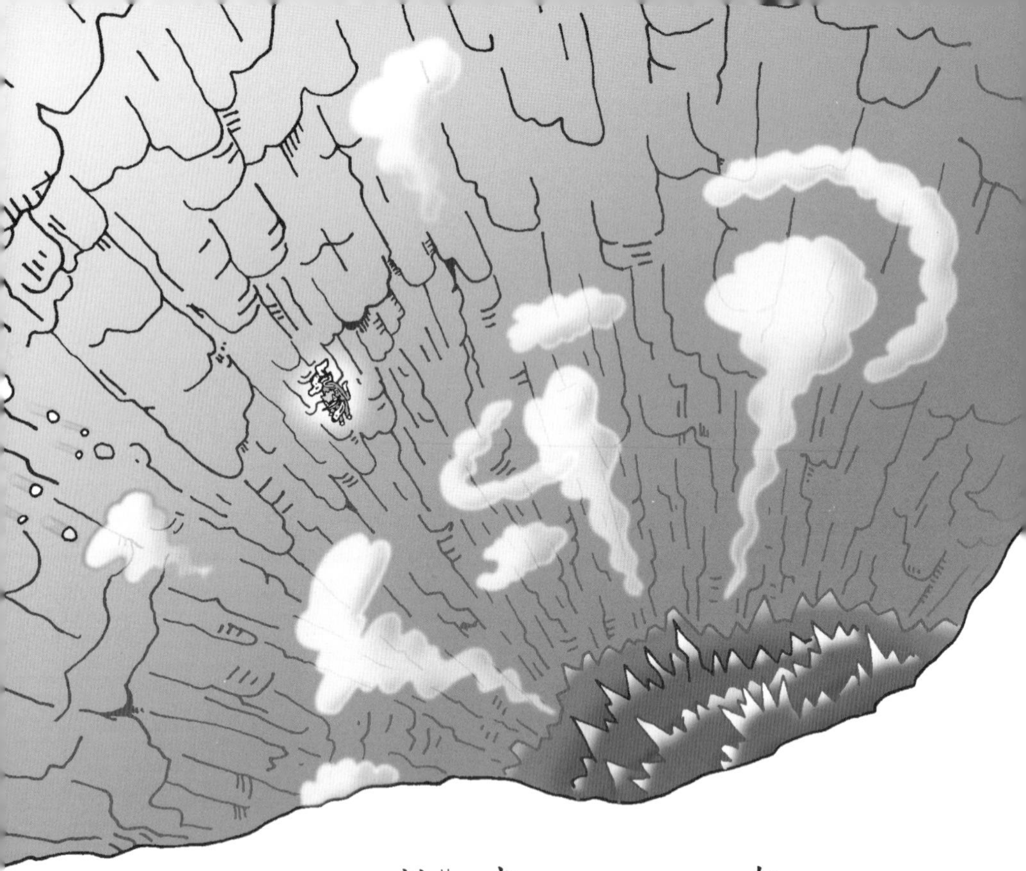

發現廢墟的下方有一個會動的物體。

「啊！是佐羅力大師！」

「佐羅力大師沒事耶！我們現在立刻過去救他起來。」

伊豬豬和魯豬豬連忙準備沿著崖壁往下爬，

但是他們卻被爸爸們阻止。

「不行，崖壁的土石很鬆軟，太危險了。消防隊很快就會趕來救援，你們得忍耐到那個時候才行。」

然而，佐羅力根本沒時間等到消防隊到來，因為

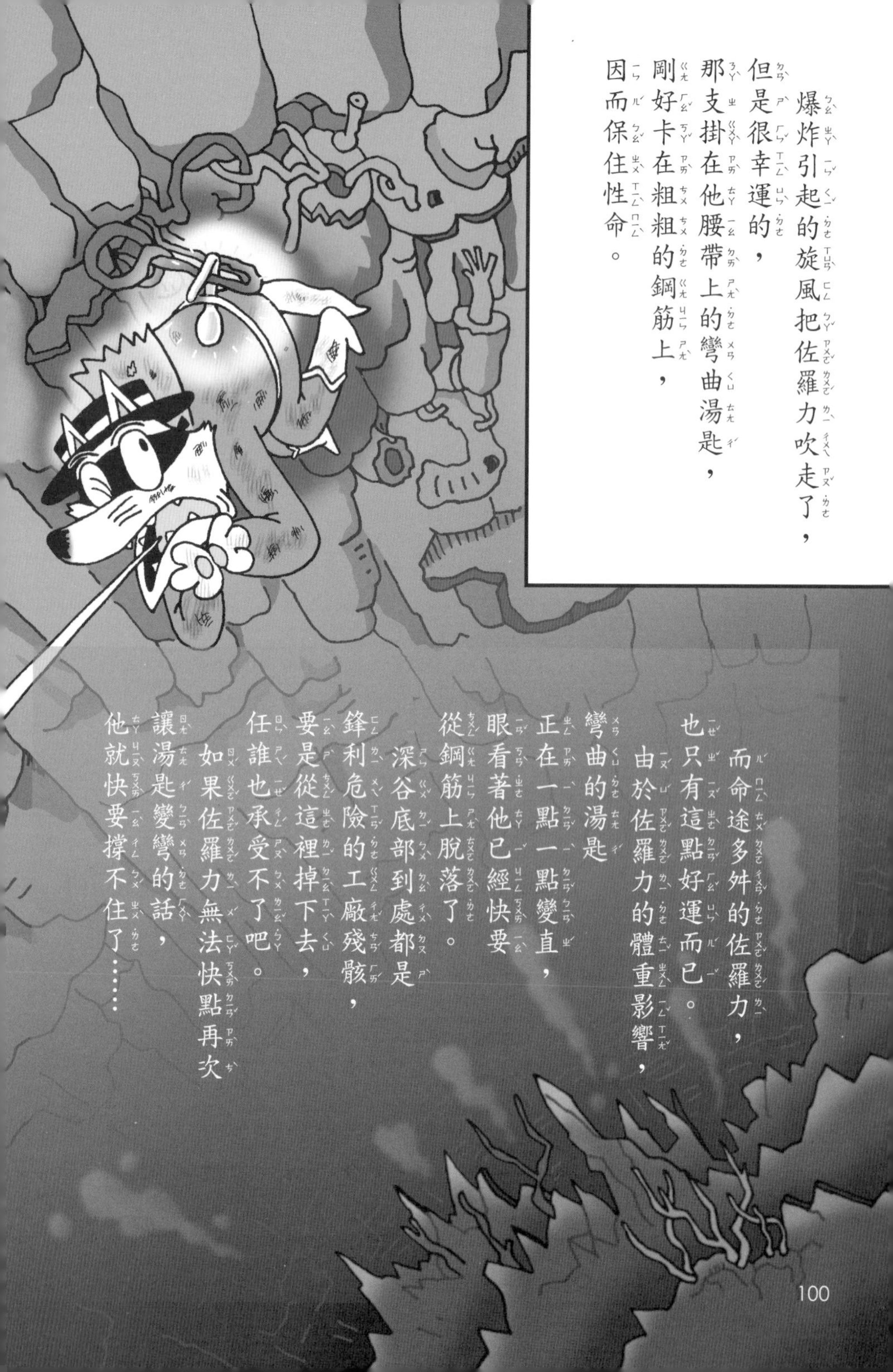

爆炸引起的旋風把佐羅力吹走了，
但是很幸運的，
那支掛在他腰帶上的彎曲湯匙，
剛好卡在粗粗的鋼筋上，
因而保住性命。

而命途多舛的佐羅力，
也只有這點好運而已。
由於佐羅力的體重影響，
彎曲的湯匙
正在一點一點變直，
眼看著他已經快要
從鋼筋上脫落了。
深谷底部到處都是
鋒利危險的工廠殘骸，
要是從這裡掉下去，
任誰也承受不了吧。
如果佐羅力無法快點再次
讓湯匙變彎的話，
他就快要撐不住了……

我好想吃咖哩呀——

他不斷拚命大喊，
卻始終施展不出超能力，
只能讓叫聲徒然迴響在深谷中。

漸漸漸漸
漸漸漸漸
想不到，
這時湯匙竟然已經漸漸的、
直了！
漸漸的、
慢慢直了，
滑落
於是，佐羅力從鋼筋上墜落飛速往下掉。
哇，已經不行啦——

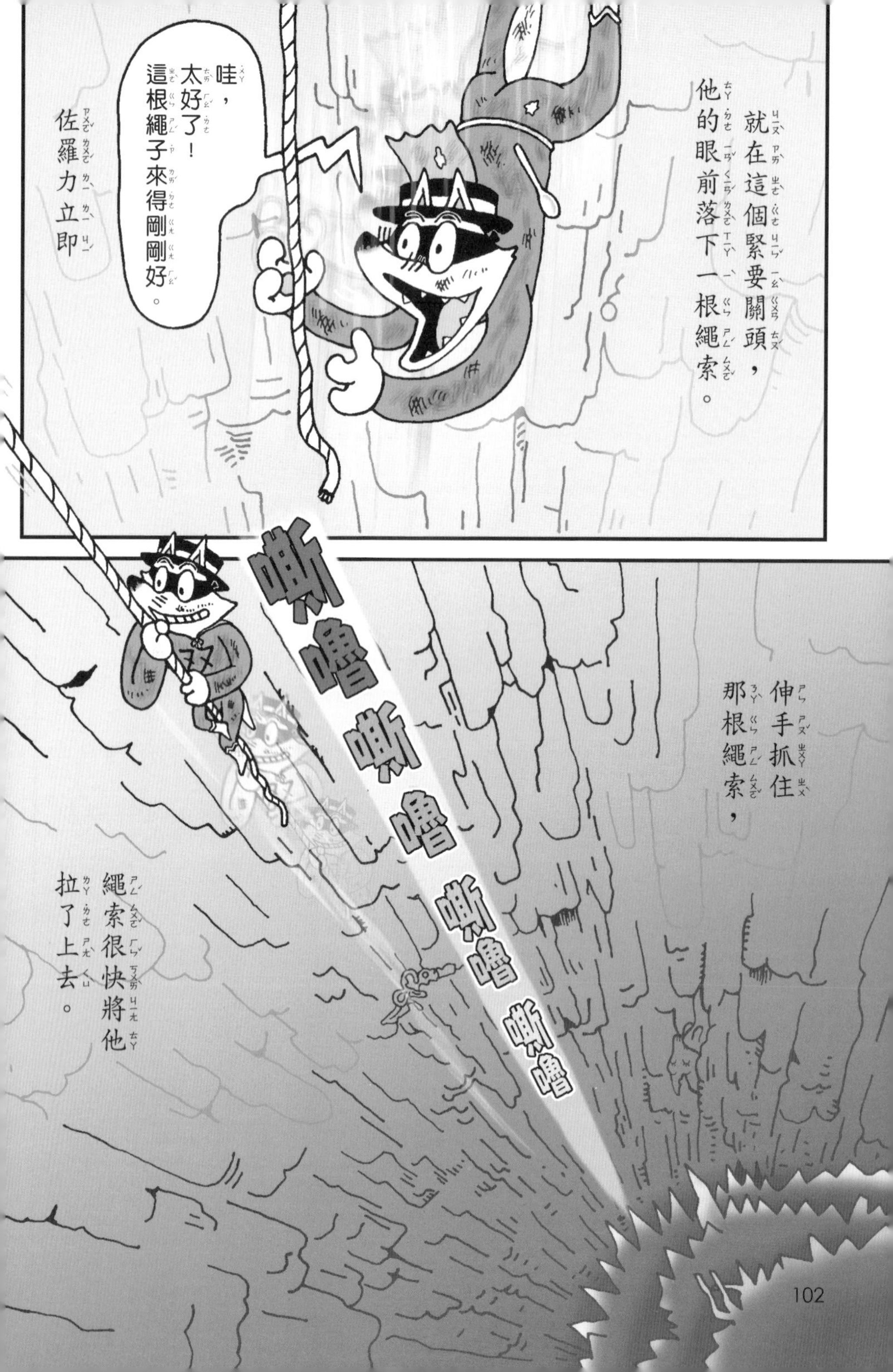
就在這個緊要關頭，
他的眼前落下一根繩索。
哇，
太好了！
這根繩子來得剛剛好。
佐羅力立即
伸手抓住
那根繩索，
嘶嚕
嘶嚕
嘶嚕
嘶嚕
繩索很快將他
拉了上去。

終於，平安無事的抵達地面。

放開
咚！
呼——得救了，真不愧是伊豬豬和魯豬豬，謝謝你們及時降下繩索。

佐羅力趕緊向伊豬豬和魯豬豬道謝。

然而，他們卻搖搖頭，兩個人默默的指向上方。

天空中，有一架垂降著繩索的紅色飛機，正遠遠飛走了。
咦！那是本大爺的爸爸嗎？所以，本大爺也被我的爸爸拯救了是嗎……？

四周都是平安無事、
相互報喜的人們，
還有受到大爆炸驚嚇趕來的
鎮上居民。
佐羅力努力擠過擁擠的人群，
他不停的追著紅色飛機，
跑下山丘。

當然，
伊豬豬和魯豬豬
也緊跟在後。

當鎮上的居民們想要
向佐羅力道謝，
試圖尋找他的蹤跡時，
他已經消失得無影無蹤了。

可是佐羅力他們已經完全看不到紅色飛機的蹤影了。
當他們胡亂走著，竟發現了一團巨大的結塊咖哩。
仔細一看，那是——
喂——你們趕快想想辦法弄開咖哩讓我出來呀——我被封在裡面沒辦法動呀——
這是碰碰倒董事長唷。因為渾身沾滿咖哩逃了出來，結果被太陽一曬，咖哩就乾掉凝固了。啊哈哈哈。
嘻嘻呵呵。這就叫自作自受。
嗯，味道聞起來好香呵。

你遲早會被鎮上的居民找到的。讓你維持這樣，是最好的啦。我們不但想弄清楚爸爸的祕密，還想興建城堡，更得去尋找最美麗的新娘，超級忙碌的，所以，下次再見啦。
這只是泥巴而已唷。雖然知道，還是忍不住想舔一舔呢。

作者簡介

原裕 Yutaka Hara

一九五三年出生於日本熊本縣，一九七四年獲得KFS創作比賽「講談社兒童圖書獎」，主要作品有《小小的森林》、《手套火箭的宇宙探險》、《寶貝木屐》、《小噗出門買東西》、《我也能變得和爸爸一樣嗎？》、【輕飄飄的巧克力島】系列、【膽小的鬼怪】系列、【菠菜人】系列、【怪傑佐羅力】系列、【鬼怪尤太】系列、【魔法的禮物】系列等。

譯者簡介

周姚萍

兒童文學創作者、譯者。著有《我的名字叫希望》、《山城之夏》、《妖精老屋》、《魔法豬鼻子》等作品。譯有《大頭妹》、《四個第一次》、《班上養了一頭牛》、《那記憶中如神話般的時光》等書籍。曾獲「文化部金鼎獎優良圖書推薦獎」、「聯合報讀書人最佳童書獎」、「幼獅青少年文學獎」、「國立編譯館優良漫畫編寫」、「九歌年度童話獎」、「好書大家讀年度好書」、「小綠芽獎」等獎項。

怪傑佐羅力系列40

怪傑佐羅力之咖哩VS.超能力

作者｜原裕（Yutaka Hara）
譯者｜周姚萍
責任編輯｜余佩雯
特約編輯｜游嘉惠
美術設計｜蕭雅慧
行銷企劃｜陳詩茵

天下雜誌群創辦人｜殷允芃
董事長兼執行長｜何琦瑜
媒體暨產品事業群
總經理｜游玉雪
副總經理｜林彥傑
總編輯｜林欣靜
行銷總監｜林育菁
資深主編｜蔡忠琦
版權主任｜何晨瑋、黃微真

出版者｜親子天下股份有限公司
地址｜台北市 104 建國北路一段 96 號 4 樓
電話｜（02）2509-2800
傳真｜（02）2509-2462
網址｜www.parenting.com.tw

讀者服務專線｜（02）2662-0332
週一～週五：09:00~17:30
讀者服務傳真｜（02）2662-6048
客服信箱｜parenting@cw.com.tw
法律顧問｜台英國際商務法律事務所・羅明通律師
製版印刷｜中原造像股份有限公司
總經銷｜大和圖書有限公司
電話｜（02）8990-2588

出版日期｜2016 年 8 月第一版第一次印行
2023 年 9 月第一版第十六次印行
定價｜300 元
書號｜BKKCH008P
ISBN｜978-986-92815-9-1（精裝）

訂購服務
親子天下 Shopping｜shopping.parenting.com.tw
海外・大量訂購｜parenting@cw.com.tw
書香花園｜台北市建國北路二段 6 巷 11 號
電話｜（02）2506-1635
劃撥帳號｜50331356 親子天下股份有限公司

國家圖書館出版品預行編目資料

怪傑佐羅力之咖哩VS.超能力
原裕 文、圖；周姚萍 譯 --
第一版. -- 台北市：親子天下, 2016.08
108 面；14.9x21公分. --（怪傑佐羅力系列；40）
譯自：かいけつゾロリ　カレーVS・ちょうのうりょく

ISBN 978-986-92815-9-1（精裝）
861.59　　105002731

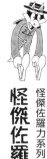

每讀新聞

碰碰倒咖哩工場發生大爆炸！

位於山丘上的碰碰倒咖哩工廠，突然發生大爆炸，最後連一點點殘跡都沒留下來。據了解，這間工廠，是為了製造下週即將發售的碰碰倒咖哩而建，今天才剛剛完工開幕。真是一個令人大感震驚的消息。

根據目擊爆炸現場的鎮民所說，爆炸當時只看見碰碰倒董事長以及咖哩工廠的所有工作人員，一個個都全身沾滿咖哩，慌慌張張的逃出工廠。很多人都被這場爆炸驚嚇得說不出話來，所以關於事發原因等種種詳情，尚且無法採訪到任何一位事件中的關係人。

超級可怕的碰碰倒咖哩製作原料

據調查，碰碰倒咖哩所使用的材料，竟然是從工廠地下挖掘泥土，添加地下水混合成泥漿，再變造為咖哩，試圖販售給顧客。許多人差點就受騙上當，因而吃進泥巴了。

當時人在現場的證人 妮拉的說法

「我們是跟著一位具有超能力的佐羅力先生，一起進入那間咖哩工廠的。我想，這位佐羅力先生一定是早就發現了這間工廠裡有什麼不對勁，才會悄悄的帶領我們潛入工廠裡頭，想要透過我們親眼目睹，一起揭發黑心食品和偷工減料工程的各種現象，讓鎮上的所有人都知道那是一間假耐震建築。更可怕的是，那間工廠要是繼續不斷製作出大量的假咖哩，整座小鎮說不定會因此沉進咖哩海海底呢。」

黑心食品 瞞天過海，用假材料製造出的食品。

假耐震建築 欺騙大眾說該建築可承受大地震的震度。